KÜSS MICH, DU SEXY TYP

KISS TALENTAGENTUR 3

VIRNA DEPAUL

KLAPPENTEXT

Caleb

Als Fotograf weiß ich Kontraste zu schätzen. Die steife, versnobte Göre im Flieger von New York entpuppt sich als ängstliche, verletzliche Frau, die mein Herz erwärmt. Die eiskalte Cola, die sie über meinen Schoß verschüttet, führt zum heißesten Sex meines Lebens in einer Umkleidekabine in Los Angeles.

Als ich zusehe, wie sie weggeht, fühle ich etwas, das ich noch nie zuvor empfunden habe. Ich bedauere ein wenig, dass ich sie niemals wiedersehen werde. Doch wir begegnen uns sehr wohl wieder. Und sie treibt mich in den Wahnsinn.

Heather

Ich habe ganz offensichtlich den Verstand verloren.

Wie sich herausstellt, ist der Mann mit der tiefen, sinnlichen Stimme, der mich davor bewahrt hat, im Flugzeug von der Kotztüte Gebrauch zu machen, und der mich, entgegen meiner Natur, halb in der Öffentlichkeit zu anonymem Sex verleitet hat, der Fotograf der ersten Fotostrecke meiner Kollektion im Modemagazin *Bella*.

Schlimmer noch, unsere künstlerischen Vorstellungen gehen weit auseinander. Und jedes Mal, wenn wir uns die Köpfe einschlagen, sind wir am Ende irgendwie nackt.

Ich darf nicht zulassen, dass meine Hormone mein Urteilsvermögen trüben. Ich habe versucht, alles zu haben, und es hat nicht funktioniert. Ich muss aufhören, mir ein gemeinsames Leben mit ihm vorzustellen, und mich wieder auf das Wesentliche konzentrieren … bevor ich alles verliere.

BÜCHER VON VIRNA DEPAUL

DIE SERIE ‚MIT DEN JUNGGESELLEN IM BETT'

DIE SERIE, LIEBE AM SPIELFELDRAND

DIE SERIE, KISS TALENTAGENTUR

DIE SERIE, ROCK'N'ROLL CANDY

DIE SERIE, HEIMKEHR NACH GREEN VALLEY

DIE SERIE, ÄRZTE ZUM VERLIEBEN

DIE SERIE, HART WIE STAHL

DIE SERIE, GLÜHEND HEIße COPS REIHE

DIE SERIE, SEXUALKUNDEROMANE

DIE SERIE, BILLIONAIRE BAY

KAPITEL EINS

Heather

Entschuldigen Sie, Ma'am, ich werde mich gleich übergeben. Könnten Sie mir etwas bringen, wo ich hineinkotzen kann?

Sir, ich würde meine Kate Spade-Tasche lieber nicht ruinieren, indem ich hineinbreche. Könnten Sie mir weiterhelfen? Sie sind zu freundlich.

Selbst während ich darüber nachdenke, wie ich einen der Flugbegleiter am freundlichsten um eine Kotztüte bitten könnte, trete ich mir gedanklich in den Hintern. Ich hätte mir ein Ginger Ale holen sollen, bevor ich an Bord des Flugzeugs ging, und keinen Karamell-Macchiato, der hauptsächlich aus Sahne bestand. Ich glaube, meine Überlegung dabei war, dass dieser ganze Flug keine große Sache sein würde, wenn ich ihn wie jedes andere Ereignis betrachtete – und mir eine verrückte Kaffeespezialität holte, wie ich es immer tue.

Zu dumm, dass ich damit völlig falsch lag.

Stocksteif sitze ich auf meinem Platz in der Holzklasse, atme zitternd und mit geballten Fäusten ein und versuche, mich nicht vor lauter Angst zu übergeben, während dieser blöde Macchiato wie ein irrer Stepptänzer in meinem Magen herumtanzt. O Gott, ich möchte *wirklich* nicht in meine brandneue Handtasche brechen, doch die Kotztüte, die normalerweise in der Tasche des Sitzes vor mir stecken sollte, ist von meiner fünfjährigen Nachbarin geklaut worden. Das kleine Kind, das neben mir auf dem mittleren Platz sitzt, hat meine und noch zwei andere Tüten freundlicherweise mit Buntstiftgekritzel verziert. Es wäre vermutlich ziemlich unhöflich, die Kleine vollzukotzen oder auch in eines ihrer künstlerischen Meisterwerke, aber mittlerweile kann ich für nichts mehr garantieren.

Als ich das letzte Mal geflogen bin, war ich acht Jahre alt. Es war ein Desaster. Mir war bereits schlecht, bevor das Flugzeug abhob, und während des gesamten Fluges – immerhin ein vierstündiger – konnte ich nicht aufhören zu weinen. Ich war überzeugt, dass wir abstürzen würden. Das Schlimmste war das Gefühl, das Flugzeug nicht verlassen zu können; ich konnte einfach nur warten, bis wir sicher wieder auf dem Boden waren. Bis dahin waren meine Eltern so geschafft, dass sie mir versprachen, mich nie wieder zum Fliegen zu zwingen.

Jetzt bin ich sechsundzwanzig und meine Flugangst ist kein bisschen besser geworden.

Wahrscheinlich, weil Fliegen immer noch das Allerletzte ist, das Menschen tun sollten. Die Leute erzählen mir, dass die Wahrscheinlichkeit, bei einem Autounfall ums Leben zu kommen, viel höher sei, aber wenn ich fahre, sitze ich wenigstens selbst am Steuer. Im Flugzeug? Kann ich einfach nur dasitzen und das Beste hoffen, offensichtlich kann ich das nicht besonders gut.

Ich lege mir die Hand auf den Mund, um ein hysterisches Lachen zu unterdrücken. Die Frau, die auf dem Fensterplatz sitzt, wirft mir einen merkwürdigen Blick zu und nimmt ihre kleine Tochter auf den Schoß.

Ich winke die Stewardess heran, die mit erhobener Augenbraue auf mich zukommt. „Könnte ich ein Glas Wasser bekommen?", krächze ich.

Die Frau lächelt mich gezwungen an. „Es tut mir leid, aber Sie werden warten müssen, bis wir in der Luft sind."

„Bitte, nur etwas Wasser, mir ist schlecht."

Die Flugbegleiterin sieht aus, als ob sie lieber etwas anderes machen würde, doch sie seufzt und geht mir ein Glas Wasser holen. Sie bringt es mir und es ist lauwarm und riecht nach Desinfektionsmittel. Ich danke ihr, bevor ich das Glas leere. Es hilft meiner Kehle etwas, aber das war es auch schon.

Während sich die Flugbegleiter auf den Start vorbereiten, versuche ich mich von der ganzen Flugsache abzulenken, indem ich *Bella* lese, ein Modemagazin, das bald meine Modekollektion vorstellen wird. Ich besitze eine Boutique namens *Talina* in Los Angeles, die tolle Presse bekommt, und morgen habe ich ein großes Shooting. *Bellas* Chefredakteurin, Rebecca Harris, liebt meine Sachen, und dieses Shooting ist eine große Sache. Normalerweise würde ich mir jede Werbeanzeige auf den Hochglanzseiten mit einem Auge fürs Geschäft ansehen und mir Notizen für meine nächste Modelinie machen. Doch jetzt gerade besteht alles nur aus Farben und Wörtern, die ich scheinbar nicht lesen kann.

Als das Flugzeug über die Startbahn rollt und langsam immer schneller wird, gebe ich das Lesen auf. Ich packe die Armlehnen so fest, bis meine Finger schmerzen, und singe in Gedanken immer wieder, *nicht kotzen, nicht kotzen, nicht kotzen.*

„Sind Sie in Ordnung?", fragt die Frau neben mir. Irgendwann hatte sie das kleine Mädchen wieder auf ihren Platz gesetzt, nun halten sie sich an den Händen.

„Mir geht es gut." Warum habe ich nichts zur Beruhigung mitgenommen? Ich bin eine Idiotin. Wenn ich mich nicht gerade verzweifelt an den Armlehnen festhalten würde, würde ich mir frustriert an die Stirn hauen.

Ich bemerke, wie ruckartig ich atme. Bekomme ich gerade

einen kompletten Nervenzusammenbruch? Ich beiße mir auf die Zunge und das Flugzeug macht zum Glück genug Lärm, damit außer der Frau neben mir niemand meine Qualen zu bemerken scheint. Obwohl ich das Gefühl habe, sie denkt, ich sei nur eine Verrückte, die nicht weiß, wie man wie ein normaler Mensch ein- und ausatmet.

Als wir schließlich in der Luft sind, hämmert mein Herz und meine Atmung beruhigt sich etwas. Ich bin immer noch ängstlich und nervös, aber ich kann zumindest eine Sekunde die Augen schließen und so tun, als wäre ich auf dem Boden. Dem gesegneten, wundervollen Boden.

Die Frau neben mir spricht mit jemandem im Gang hinter uns. Ich lasse meine Augen geschlossen, spüre dann aber eine Berührung an meinem Arm.

„Entschuldigen Sie, haben Sie geschlafen?", fragt die Frau. Als ich den Kopf schüttele, sagt sie: „Würden Sie mit meinem Mann die Plätze tauschen, wenn es Ihnen nichts ausmacht? Uns wurde gesagt, dass wir warten müssen, bis wir in der Luft sind, sonst hätte ich schon früher gefragt." Sie lächelt mich hoffnungsvoll an.

Ich packe die Armlehnen und aus irgendeinem Grund wird mir bei der Vorstellung, aufzustehen und in den Gang zu gehen, schwindelig. Ich kann mich nicht bewegen. Wie kann sie mich das fragen? Was, wenn sich ein Loch im Boden auftut und ich genau hineinfalle?

Ich schüttele erneut den Kopf. „Ich kann nicht, tut mir leid", sage ich mit einer Stimme, die beschämend schroff klingt. Wenn ich nicht so ein Häufchen Elend wäre, würde ich mich entschuldigen, doch ich schaue einfach weg, als die Frau mich ein zweites Mal fragen will.

Ich höre, wie sie sich mit ihrem Mann berät, der verärgert klingt. Ich kann es ihm nicht übel nehmen. Ich muss wie das größte Miststück auf Erden erscheinen.

„Ich kann mich umsetzen", sagt eine dritte Stimme. „Ich auch", sagt eine weitere Männerstimme. „Dort hinten ist ein freier Platz."

Bevor ich weiß, was hier geschieht, quetschen sich die Frau und ihr kleines Mädchen durch den Gang (das einzig Gute daran, dass ich klein bin, ist die Tatsache, dass ich nicht aufstehen muss, um die Frau vorbeizulassen), und dann steht ein Mann vor mir, den ich noch nie gesehen habe.

„Würdest du Platz machen, damit ich vorbeikomme?"

Sein aufgesetzter Tonfall irritiert mich. Ich sehe auf und erblicke einen Mann, den ich nur als *lecker* bezeichnen kann: Er hat dunkle Haare, grüne Augen, ist groß und muskulös und seine Gesichtszüge sind wie aus Marmor gemeißelt. Ich bemerke, dass er wie eine griechische Statue aussieht. Hoffentlich hat er nicht genau dieselben Proportionen. Als mir bewusst wird, dass ich über den Schwanz irgendeines fremden Kerls nachdenke, unterdrücke ich ein Lachen. Herrgott, ich bin zum Totlachen, oder?

„Äh", sage ich hilfreich.

Der Mann runzelt die Stirn und quetscht sich zwischen mir und dem Sitz vor mir hindurch, wobei verschiedene seiner Körperteile mehrere meiner Körperteile streifen. Bevor ich mich versehe, sitzt er neben mir auf dem mittleren Sitz und pfercht mich mit seinem harten, schönen Körper ein. Ich höre, dass sich die Frau und ihre Tochter hinter uns setzen, begleitet vom Gemurmel des Ehemanns über *ätzende Leute, die sich ätzend verhalten.*

Ich bin verblüfft angesichts der Dinge, die gerade geschehen sind, und meine Gedanken überschlagen sich immer noch, als das Flugzeug leicht wackelt.

„Wie heißt du?", fragt mich mein Nachbar mit einer Stimme, die genauso traumhaft ist wie der Rest von ihm. Während ich wieder in die Realität zurückkatapultiert werde, kann ich gerade so ein Stöhnen des Grauens unterdrücken.

Ich will zu ihm sagen, dass wir hier nicht auf einer Networkingveranstaltung sind, aber mein unhöfliches Verhalten ist mir so peinlich, dass ich sage: „Heather.“

„Ah. Das hatte ich nicht erwartet. Angesichts deines Verhaltens gerade eben kommt mir ‚verzogene Göre‘ passender vor.“

Mit weit aufgerissenen Augen starre ich ihn an. Hat er mich gerade –?

Ich konzentriere meinen Blick auf den Sitz vor mir.

Warum muss der heißeste und dennoch arroganteste Typ, den ich seit einer Ewigkeit gesehen habe, auf diesem Höllenflug neben mir sitzen? Beinahe schwenke ich meine Faust zur Decke. Was habe ich nur getan, um diesen Tag zu verdienen?

„Also, ich bin einfach neugierig. Was für eine Frau weigert sich, die Plätze zu tauschen, damit eine Familie zusammensitzen kann?“

Ich schaue ihn böse an, obwohl seine Stimme meinen Körper zum Glühen bringt. Ich rede mir verzweifelt ein, dass es daran liegt, dass mein Körper durch meine Flugangst aus dem Gleichgewicht gekommen ist, und nicht daran, dass sich meine verfluchte Schwäche für Bad Boys wieder einmal zeigt.

„Mach dir nicht in die Bluse, du Göre, es hat mich einfach interessiert.“

„Hör auf, mich Göre zu nennen“, bringe ich hervor. In der einen Sekunde sabbere ich und in der nächsten will ich ihm eine knallen.

Er lehnt sich näher zu mir. „Der Spitzname erscheint mir passend für jemanden, der sich selbst viel zu wichtig nimmt. Ich würde sagen, dir müsste mal ordentlich der Hintern versohlt werden, aber irgendwie habe ich den Eindruck, dass dir das viel zu sehr gefallen würde.“

Ich kann nicht sprechen. Ich atme ein, doch mein Herz hämmert, als wäre ich einen Marathon gelaufen. Ich weiß nicht, ob ich eher angeturnt oder genervt bin. Eigentlich bin ich beides, glaube ich, aber das werde ich ihm nicht verraten.

„Du, du …“, stottere ich. Ich habe mich als Idiotin entlarvt.

Könnte dieser Tag überhaupt noch schlimmer werden?

Er lacht. „Wie ich schon gesagt habe, mach dir nicht in die Bluse. Übrigens ist es eine ziemlich nette Bluse." Er schielt in meinen leichten Ausschnitt und sein Blick wird heiß.

Meine Nippel werden steif, diese verfluchten Verräter, und ich weiß, dass er es sehen kann.

Nachdem ich die Armlehne zwischen uns nach unten geknallt habe, drehe ich mich weg und weigere mich, ihn weiterhin anzusehen. Das hält ihn jedoch nicht vom Reden ab.

„Du hast meine Frage nicht beantwortet. Was für eine Frau weigert sich, die Plätze zu tauschen? Hasst du es einfach, wenn Menschen zusammen sind?"

Ich knirsche mit den Zähnen. „Das geht dich nichts an."

„In Anbetracht der Tatsache, dass ich derjenige bin, der die Plätze getauscht hat, geht es mich schon etwas an, denke ich. Komm schon, ich versuche zu verstehen, wie solche Gören wie du denken."

„Wahrscheinlich ungefähr genauso, wie Arschlöcher denken, also solltest du es bereits wissen."

Er lacht und dieser Klang lässt mich frösteln. „Die Göre hat Krallen. Ich bin beeindruckt." Er rückt noch näher und mir wird plötzlich klar, dass er die Armlehne wieder hochgeklappt hat. Sein Arm berührt mich an der Seite. „Setzt du diese Krallen regelmäßig ein? Denn ich finde, ein bisschen Kratzen macht bereits angenehme Aktivitäten sogar noch angenehmer."

Ich kann mich nicht gegen die Bilder wehren, die mir durch den Kopf gehen: seine Hände, die mein Bein nach oben gleiten und mich dort berühren, wo ich bereits heiß und feucht bin. Sein muskulöser Rücken, der mit Kratzern übersät ist, die ich ihm verpasst habe.

Mittlerweile hechle ich regelrecht. Allerdings ignoriere ich ihn bewusst und sehe aus dem Fenster.

Dieses Mal kann ich mein ängstliches Stöhnen nicht unterdrücken, als ich nichts außer Wolken sehe.

KAPITEL ZWEI

Caleb

Als ich mich neben die Frau setze, die sich geweigert hat, die Plätze zu tauschen, überrascht mich nicht, was ich da sehe: sie trägt ganz offensichtlich ein Designer-Outfit, die Handtasche zu ihren Füßen ist ebenso teuer und ihr Haar ist perfekt gesträhnt. Sie sieht aus wie ein totaler Snob und ich bin überrascht, dass sie Economy und nicht erste Klasse fliegt.

Was für ein Miststück sagt nein zu einer Frau mit einem Kind, die neben ihrem Mann sitzen will?

Abgesehen von ihrem Verhalten ist sie umwerfend. Blondes Haar, helle Haut, und obwohl sie gerade sitzt, sehe ich, dass sie endlose Kurven hat. Ihre Brüste sind üppig und ihr Oberteil spannt regelrecht darüber.

Sie quiekte, als ich mich an ihr vorbeiquetschte. Lachend setzte ich mich direkt neben sie, nur, um sie ins Schwitzen zu bringen. Außerdem lasse ich mir die Gelegenheit, neben einer schönen Frau zu sitzen, nie entgehen. Zum Teufel, ich verdiene meinen Lebensunterhalt damit, den weiblichen Körper zu studieren und zu betonen.

Als ich an Bord dieses Fluges ging, hatte ich das Übliche erwartet: langweilig, lang und mit alten Bretzeln als Snack, sonst nichts weiter. Doch nun ist ein Teil von mir fasziniert von dieser Frau, die so unhöflich war, während der andere Teil angewidert ist. Sie ist genau die Art von Person, an die ich denke, wenn ich an L.A. denke: egozentrisch und gedankenlos, voll mit Botox und viel zu viel Geld, das war's.

Ich lasse ihren Namen wie eine Süßigkeit durch meinen Mund wandern. *Heather.* Er passt zu ihr. *Heather, die verzogene Göre.*

Plötzlich ist dieser Flug viel interessanter geworden. Heather genau zu betrachten, sie zum Erröten zu bringen und so auszusehen, als würde sie mich am liebsten ohrfeigen? So gut wurde ich lange nicht unterhalten.

Ich frage mich, ob sie mich beißen würde, wenn ich versuche, sie zu küssen. Oder mehr. Ich will ihre Haut ablecken, sie unter mir zum Zittern und Stöhnen bringen. Ich will mit den Händen durch ihr Haar fahren. Es vielleicht packen, während ich sie von hinten ficke. Obwohl sie gerade gewissermaßen vor Wut zittert, frage ich mich, ob sie im Bett wohl leidenschaftlich wäre. Aus irgendeinem Grund habe ich das Gefühl, dass das der Fall wäre, und ich will es unbedingt selbst herausfinden.

„Übrigens, ich bin Caleb." Ich schaue die Tasche zu ihren Füßen an. „Und da du keine einzige meiner Fragen beantwortet hast, werde ich ein paar Vermutungen darüber anstellen, was für eine Frau du bist. Klingt das gut?"

Sie wirbelt den Kopf herum und starrt mich mit einem bösen Ausdruck in ihrem hübschen Gesicht an. „Du wirst einfach nicht aufgeben, oder?"

„Das ist eine meiner besten Eigenschaften."

„Wer hat dir das denn erzählt? Deine Mutter? Es tut mir wirklich leid, dir das sagen zu müssen, aber sie hat gelogen."

Ich lächele einfach, als ich anfange. „Du bist in Los Angeles aufgewachsen. Wahrscheinlich in Pasadena oder Glendale. Du warst an einer schicken Privatschule und wahrscheinlich eines der beliebtesten Mädchen. Du musstest nie deine eigene Wäsche waschen oder dir etwas zu essen kochen und an deinem sechzehnten Geburtstag hast du ein nagelneues Auto bekommen. Dein Daddy hat seiner kleinen Prinzessin alles durchgehen lassen, was sie wollte, solange du ihn nur mit großen Hundeaugen angesehen hast."

Als sie nichts davon abstreitet, grinse ich. „Und?"

„Ich bin in Orange County aufgewachsen", sagt sie schniefend.

„Nah dran. Du wärst in der ersten Klasse geflogen, aber genau wie ich hast du mit deiner Buchung zu lange gewartet, und dann war die erste Klasse ausverkauft." Bei ihrem Gesichtsausdruck muss ich lachen. „Wenn ich dir so ins Gesicht schaue, sehe ich, dass ich recht habe. Und nun kehrst du nach L.A. zurück, um dein Leben weiterzuführen, während du glaubst, dass alle anderen unter dir stehen, einschließlich der Mutter, die neben dir saß."

Jetzt ist sie ganz rot im Gesicht. „Du bist das arroganteste, eingebildetste Arschloch –"

„Das ist mir bewusst, Süße. Aber das gefällt dir, nicht wahr? Niemand redet sonst so mit dir und das macht dich an."

„Ich – ich –" Sie schließt ihre Augen und atmet ein, und als sie ihre Augen wieder öffnet, sind sie glasig und ihre Lippen geöffnet. Ich hatte eigentlich halb im Scherz gemeint, dass mein arschiges Verhalten sie anmachen würde, und zwar hauptsächlich, weil ihre widerspenstige Art mich unglaublich amüsierte, doch sie sieht dermaßen fickbar aus, dass ich scharf einatme und ihr Parfum und etwas, das ich gern für den Geruch ihrer Erregung halte, inhaliere. Ich bekomme langsam einen Ständer und ich würde jeden Cent auf meinem beachtlichen Bankkonto verwetten, dass sie feucht ist. Was ich nicht alles dafür geben würde, sie in die winzige Toilette zu zerren und uns beide mit einem schnellen, schmutzigen Fick zu Mitgliedern des Mile-High-Clubs zu machen.

„Ich habe kein Interesse an dir", schnieft sie. „Ich –"

Das Flugzeug unter uns ruckelt stark. Ihre Augen weiten sich und die Farbe weicht aus ihrem Gesicht, als das Flugzeug in heftige Turbulenzen gerät. Wir hüpfen auf unseren Sitzen herum, als würde jemand das Flugzeug schütteln, und ich höre ein leises Stöhnen.

Ich bemerke, dass es Heather ist. Und es ist kein vergnügtes Stöhnen.

Es ist angsterfüllt.

KAPITEL DREI

Heather

Die ganze Neckerei und Streiterei und die sexuelle Spannung mit dem Mann neben mir – Caleb – verschwindet in der Sekunde, in der wir in Turbulenzen geraten. Mein logischer Verstand sagt mir, dass es nur ein Sturm ist, der das Gefühl auslöst, als hätte ein Riese das Flugzeug mit seiner Faust gepackt und würde uns nur zum Spaß durchschütteln, aber das hält die Panik, die mich erfasst, auch nicht zurück.

Ich packe die Armlehnen, bis meine Hände und Arme schmerzen. Ich höre jemanden jammern und frage mich, ob es das Kind hinter uns ist. Aber nein, mit einem Schrecken stelle ich fest, dass ich es bin. Ich höre mich an wie ein verwundetes Tier.

Und da fängt das Flugzeug an zu wackeln und ich bin nicht sicher, ob ich brechen, weinen oder in Ohnmacht fallen werde. Ich hoffe wirklich, dass es die dritte Option sein wird. Dann wäre ich wenigstens für eine Weile bewusstlos.

Aber ich falle nicht in Ohnmacht. Ich schnappe einfach nur nach Luft, als würde ich gerade ertrinken, und da spüre ich eine warme Hand auf meinem Rücken. Caleb reibt zwischen meinen Schulterblättern.

„Nimm deinen Kopf zwischen die Knie. Genau. Jetzt atme tief ein … halte die Luft an … und dann atme wieder aus. Ja, mach das genauso weiter. Einatmen …"

Seine Stimme beruhigt mich, obwohl ich ihn vor ein paar Minuten erst hatte schlagen wollen. Ich konzentriere mich ausschließlich auf seine Worte und tue, was er sagt. Meine Atmung kommt weniger heftig und auch mein Puls verlangsamt sich etwas. Er reibt weiter mit festen, kreisförmigen Bewegungen über meinen Rücken. Wenn ich nicht so schreckliche Angst hätte, wäre es mir peinlich, dass dieser Mann – dieses arrogante Arschloch – mich tröstet. Aber im Moment bin ich einfach froh, dass Caleb da ist.

Ich bekomme am Rande mit, dass die Turbulenzen vorbei sind. Ich höre Caleb die Stewardess um ein Ginger Ale bitten, dann drückt er mir einen Plastikbecher in die Hand.

„Hier, trink das." Er wartet, bis ich langsam den Kopf hebe, bevor er mich zum Trinken auffordert. Ich fühle mich mehr oder weniger wie ein kleines Kind, weil ich ohne Widerstand das tue, was er sagt, aber das beruhigt mich. Aus irgendeinem Grund habe ich weniger das Gefühl, die Kontrolle zu verlieren, wenn ich weiß, dass Caleb die Kontrolle hat.

Ich trinke das Ginger Ale schluckweise, bis der Becher leer ist. Er nimmt ihn mir aus der Hand, als ich fertig bin.

„Bist du okay?"

Ich nicke nervös, bevor ich langsam ausatme und mit zitternder Stimme sage: „Gott, das tut mir leid. Ich habe keine Ahnung, was mit mir los war."

Plötzlich wird mir viel zu deutlich bewusst, wie nah er mir ist, wie sein Duft mich einhüllt. Mein Verlangen von vorhin kehrt mit voller Wucht zurück. Sein Geruch ist holzig und maskulin und verlockend und ich will meine Nase an der Wölbung seiner Schulter vergraben. Ich spüre, wie meine Nippel wieder hart werden. Nun rauscht das Blut, das aus meinem Kopf gewichen war, zu anderen Körperteilen, dabei berührt er mich nicht einmal mehr.

Ich räuspere mich. „Mir geht es gut", sage ich, obwohl ich davon weit entfernt bin.

„Bist du sicher? Du siehst immer noch furchtbar aus. Möchtest du noch mehr Ginger Ale?"

Ich beschließe, ihn in dem Glauben zu lassen, dass ich wegen der Turbulenzen immer noch außer mir bin. Das ist leichter als zuzugeben, dass ich ihn gewissermaßen wie ein Eis am Stiel gleich hier in Reihe fünfundzwanzig ablecken will, obwohl er mich beleidigt und wie kein anderer Mann, den ich je getroffen habe, zu ärgern versucht hat. „Es geht mir gut."

„Du fliegst also nicht sehr oft, nehme ich an?"

Ich lache. „Das könnte man so sagen. Ich bin nicht mehr geflogen, seit ich ein Kind war."

„Hast du vorhin deswegen nicht die Plätze getauscht?"

Ich beiße mir auf die Lippe, während mir beschämte Tränen in die Augen schießen, und ich weigere mich zu antworten, denn ich befürchte, dass ich dann zu schluchzen anfangen werde. Ich bin so schwach. Warum bin ich so schwach? Ich hasse dieses Gefühl. Hasse es, dass die Familie hinter mir und dieser Mann glaubten, ich sei –

„Weißt du, was mir früher eine Heidenangst eingejagt hat? Alf, aus dieser Fernsehserie."

Ich blinzle, dann starre ich ihn an und frage mich, ob er Witze macht, doch er scheint es vollkommen ernst zu meinen. „Du hattest Angst vor einer Puppe aus einer alten 80er-Jahre-Serie? Warum?"

„Hast du dir Alf jemals angesehen? Diese Nase? Er ist unheimlich. Ich habe als Kind eine Folge gesehen und tagelang Alpträume gehabt. Ich habe mir immer wieder vorgestellt, dass Alf in mein Zimmer kommen und mich fressen würde."

Ich lache schnaufend und er lächelt mich an. „Diese Serie lief lange vor meiner Zeit, aber ich habe ein paar Wiederholungen gesehen. Er hätte dich nicht gefressen. Er hat nur Katzen gegessen."

„Aha! Aber du weißt, was ich meine. Außerdem wette ich, dass er kleine Kinder gegessen hat. Er kam mir wie die Art von Puppen vor, die Kinder essen."

Ich bringe ihn zum Schweigen und hoffe, dass die Familie hinter uns nicht hört, wie wir uns über kinderfressende Puppen unterhalten. „Ich hatte wirklich Alpträume. Ich erzählte meiner Mom, Alf sei unter meinem Bett, und sie sagte, ich solle schlafen gehen. Aber ich konnte nicht, stundenlang nicht."

„Du armes Ding." Etwas, das sich verdächtig nach einem Kichern anhört, entschlüpft mir.

Seine schönen Lippen verziehen sich zu einem Lächeln, das mein Herz zum Klopfen bringt. „Und jetzt lachst du mich aus."

Ich beiße mir auf die Lippe. „Tut mir leid. Ich sollte nicht lachen. Kindliche Ängste vor Puppen sind wirklich ernsthafte Probleme."

„Jetzt, nachdem ich mich ordentlich lächerlich gemacht habe, musst du mir erzählen, was passiert ist, als du als Kind geflogen bist. Vielleicht wird es dir helfen, damit du dich besser fühlst."

Ich bin mir da nicht so sicher, aber aus irgendeinem Grund fühlt es sich so an, als wäre es eine gute Möglichkeit, mich weiter abzulenken, indem ich darüber rede. „Ich hatte einfach Angst vor einem Absturz, und als ich ins Flugzeug stieg, übergab ich mich. Dann fing ich an zu hyperventilieren und zu weinen. Eine Stewardess musste mir eine Papiertüte geben, damit ich hineinatmen konnte. Ich kann nicht behaupten, dass es geholfen hat."

„Also bist du seitdem nie wieder geflogen."

„Bis heute nicht." Ich schaue ihn mit zusammengekniffenen Augen an. „Hast du in letzter Zeit ein Folge *Alf* gesehen?"

Er schaudert. „Nein, und das habe ich auch nicht vor."

Im Moment kann ich nicht anders, als darüber nachzudenken, wie gutaussehend und charmant Caleb ist, sodass ich ihm selbst stundenlang zuhören könnte, wenn er mir das Telefonbuch vorlesen würde. Ich schaue ihn eindringlich an, während er mir davon erzählt, dass er bei einer Hochzeit Fotos macht, und ich muss zugeben, dass ich kaum ein Wort höre, das er sagt. Ich sehe sein Haar an, das ein bisschen zu lang ist und leicht kräuselnd über seinen Hemdkragen fällt. Ich denke darüber nach, wie ich mit meinen Fingern hindurchfahren will. Und wenn er lächelt! Er hat nicht nur perfekt gerade Zähne, sondern auch Grübchen. Ich will diese Grübchen küssen. Gott, ich würde sein ganzes Gesicht küssen, wenn er mich ließe.

Als er sieht, dass ich ihm nicht wirklich zuhöre, senkt er die Augenlider. „Du bist dran", murmelt er.

Ich bin dran? Womit? Küssen? Mein Körper wird wärmer, doch dann wird mir klar, dass er vom ... Erzählen ... spricht. „Oh, was möchtest du wissen?"

„Wie wäre es damit, was du beruflich machst?"

Seine Fragen erinnern mich daran, dass *Bella* kurz nach meiner Rückkehr nach L.A. und zu meiner Boutique *Talina* (das ist mein zweiter Vorname; Heather hörte sich für eine High End-Modeboutique und ein Label der Spitzenklasse einfach zu gewöhnlich an) ein Team aus Models, Make-up-Artists, Set-Designern und einem Weltklasse-Fotografen schicken wird, um Bilder für die Fotostrecke des Magazins zu machen. Auf der Stelle werde ich nervös. Das ist eine riesige Gelegenheit, und sollte es nicht gut laufen, könnte mich das vollkommen erledigen. Meine Boutique und meine Modelinie haben letztes Jahr große Fortschritte gemacht, und als ich den Anruf erhielt, dass Bella Interesse an meiner Arbeit habe, konnte ich es nicht glauben. Obwohl ich keinen Anruf von Rebecca Harris persönlich bekam, reicht mir die Erkenntnis, dass sie auch nur beiläufiges Interesse an meiner Arbeit hat, vollkommen aus.

Ich wische meine plötzlich feuchten Handflächen an meiner Hose ab. „Ich bin im Einzelhandel tätig", sage ich, weil ich nicht über die Arbeit oder das Shooting sprechen möchte, aus Angst, alles zu verderben. „Ich war geschäftlich in New York. Ich ... ich bin mit dem Zug hingefahren." Er zuckt zusammen und ich ebenfalls. „Ich weiß. Ich hatte nur keine Zeit, dass auch auf dem Rückweg zu tun. Ich hatte geglaubt, das sei okay für mich, aber ich schätze, Kindheitsängste sind schwer abzulegen." Ich seufze, doch als ich an den kleinen Caleb denke, der Angst davor hat, dass Alf kommt, um ihn zu fressen, lächele ich.

„Viele Menschen haben Angst vorm Fliegen. Aber ..." Seine grünen Augen funkeln mich an. „Weißt du, was meiner Meinung nach Wunder wirken würde, um deine Flugangst zu kurieren?"

Aus irgendeinem Grund habe ich fast Angst davor, seine Antwort zu hören. Sein Blick wandert von meinem Gesicht zu meinen Brüsten, und obwohl ich einem Typen dafür normalerweise eine knallen wollen würde, macht es mich an. Als meine Nippel steif werden und er es bemerkt, atmet er tief ein.

„Was würde Wunder wirken?", flüstere ich.

Er beugt sich zu mir und sein Atem streift mein Ohr, als er erwidert: „Ein Mitglied des Mile-High-Clubs zu werden."

Diese Worte bringen meinen ganzen Körper zum Glühen. Ich bekomme eine Kaskade von Bildern nicht aus meinem Kopf. Auf engstem Raum zusammengezwängt, aneinander gepresst, nichts als unsere Zungen, die miteinander verschlungen sind, und unsere Hände, die den jeweils anderen überall erforschen und unbedingt mehr wollen. Er würde mich auf das Waschbecken setzen, und während ich meine Hose öffne, würde er seinen Gürtel lösen und in mich eindringen, bevor ich noch einmal Luft holen kann.

Ich habe nichts dazu gesagt, doch das fasst er nicht als Zeichen auf, dass ich kein Interesse habe. Er grinst mich an, sein Blick sogar noch heißer als zuvor.

„Du hast damit also persönliche Erfahrungen?", krächze ich schließlich.

„Überraschenderweise nicht. Ich hatte nie die Gelegenheit.

Aber glaube mir, wenn ich dir sage, dass ich das sehr gern ändern würde."

Ich wette, das stimmt. Ich würde das auch sehr gern ändern. Ich habe immer geglaubt, Sex im Flugzeug höre sich beengt und unangenehm an, doch mit Caleb wäre es intensiv. Explosiv. Er würde mir keine Gnade zeigen. Er würde meinen Mund mit seiner Hand bedecken, damit ich nicht schreie. Ich habe keine Ahnung, woher ich das weiß, doch ich spüre es tief in meinen Knochen.

Ich lecke mir über die Lippen. Er konzentriert sich darauf.

„Caleb", murmele ich.

Er will gerade die Hände nach mir ausstrecken oder mich vielleicht sogar küssen, als wir beide vernehmen, dass sich jemand räuspert.

„Möchte jemand etwas trinken?"

Caleb dreht sich um und wir starren beide die Flugbegleiterin an, als wären ihr plötzlich Hörner und vielleicht sogar ein gezackter Schwanz gewachsen. Ich bin nicht durstig, sage jedoch hastig: „Eine Cola, bitte."

Caleb zuckt mit den Schultern. „Für mich auch eine."

Nachdem die Flugbegleiterin uns unsere Getränke gegeben hat, starre ich meinen Colabecher an und verdrehe innerlich die Augen über mich selbst. Ich trinke nicht einmal Cola. *Cool bleiben, Heather*, denke ich mir. Was hat dieser Mann nur an sich, das mich so aus dem Konzept bringt?

Selbst mein Exfreund hat mich nicht so aus der Fassung bringen und erregen können. Bo und ich waren vier Jahre zusammen, doch am Ende entschied er, mich sitzen zu lassen, weil ich „zu sehr auf meine Karriere fixiert war", was eigentlich heißen sollte, dass ich nicht da war, um ihm Abendessen zu machen, wenn er nach Hause kam, oder keine Wäsche machen wollte, wenn ich mich um Designs kümmern musste. Versteht mich nicht falsch, Bo war in vielerlei Hinsicht ein guter Freund, doch als er mir sagte, er wolle

Schluss machen, weil ich zu sehr auf meine Karriere bedacht sei, tat es weh.

Dass ich an Bo denke, gibt mir einen guten Grund, mich in die Sache mit Caleb nicht hineinzusteigern. *Ich habe es wahrscheinlich einfach nötig*, sage ich mir. Ich hatte monatelang keinen Sex mehr, nicht seit meiner Trennung, und mein Interesse an Caleb ist vermutlich genau das: rein sexuell. Sich etwas anderes zu erhoffen, wäre vollkommen bescheuert. Außerdem hatte Bo recht: momentan bin ich mit meiner Arbeit verheiratet. Kein Mann würde da hineinpassen.

Caleb nippt an seiner Cola. Wir hören zu, wie der Pilot verkündet, dass wir innerhalb der nächsten halben Stunde landen werden. Ich seufze erleichtert. Ich muss auf den Boden zurück und endlich meinen Kopf den wichtigen Dingen widmen.

Als die Stewardess zurückkommt, strecke ich die Hand aus, um ihr meinen noch vollen Becher zu reichen, doch dabei stoße ich mit der Hand gegen die Armlehne. Dadurch fällt mir der Becher aus der Hand und direkt auf Calebs Schoß.

„O mein Gott!", sage ich nur, während Caleb das Eisbad verflucht, das sein Schritt gerade abbekommen hat. „Es tut mir so leid!" Ich versuche, den Fleck mit ein paar Servietten zu bearbeiten, doch es bringt nichts.

Schließlich schiebt er meine Hand beiseite, fängt an, das Eis aufzusammeln, das noch nicht geschmolzen ist, und gibt es der wenig amüsierten Flugbegleiterin. Ich tupfe und tupfe einfach weiter. „Heather", knurrt er und nimmt meine Hand. Seine Stimme klingt heiser und verführerisch, als er sagt: „Du machst mich nur noch härter, Süße, wenn du meinen Schwanz so mit deiner Hand reibst."

Ich ringe nach Luft und er hält meine Hand noch fester.

„Wenn du es wirklich wiedergutmachen willst", sagt er mit derselben gedämpften Stimme, „wie wäre es dann, wenn du mir erlaubst, meinen Ständer ordentlich zum Einsatz zu bringen, wenn wir gelandet sind?"

Ich starre ihn an. Mein Körper steht in Flammen und ich bin kurz davor, JA zu schreien und mich auf seinen Schoß zu werfen.

Stattdessen schaue ich ihn nur mit offenem Mund an und beantworte seine Frage mit einem „Äääähhhh …"

Er schmunzelt. „Verrate mir deine Antwort noch einmal, wenn wir landen, okay, Süße?"

Unter meiner Hand fühle ich seinen harten Schwanz durch seine Hose und er kann nicht wirklich so groß sein, Herrgott nochmal – oder doch? Als ich zu seinem Gesicht aufblicke, hebt er nur eine Augenbraue. Ich reiße meine Hand zurück, als wäre sie gebrandmarkt worden.

Caleb seufzt. „Weißt du, ich sollte dich für diese Hosen zahlen lassen. Das ist mein einziges ordentliches Paar, das ich mitgebracht habe, weil ich nicht vorhabe, länger als ein paar Tage in L.A. zu bleiben."

Ich greife nach meiner Handtasche, um nach etwas Bargeld zu suchen, das ich ihm geben kann. Ich besitze einen Laden, bin aber auf Damenkleidung spezialisiert. Nicht, dass ich ihn überhaupt mit in mein Geschäft nehmen würde. Immerhin ist der Typ ein Fremder. Ein höllisch heißer, charmanter Fremder, mit dem ich am liebsten Sex über den Wolken hätte, wenn mir nicht der Mut fehlen würde … Als er sieht, was ich da tue, lacht er. „Das war nur ein Witz, Heather. Aber hast du nach der Landung ein bisschen Zeit, um mit mir shoppen zu gehen? Du kannst mir helfen, ein Paar Hosen auszusuchen." Ich runzele die Stirn. „Brauchst du dabei wirklich Hilfe?"

„Nein."

„Aber …?"

Er zuckt mit den Schultern. „Vielleicht möchtest du ja noch mehr Zeit mit mir verbringen? Mir deine Krallen noch einmal zeigen?"

„Du bist widerwärtig", sage ich, hauptsächlich, weil ich das Gefühl habe, dass ich das sagen sollte, und nicht, weil ich ihn wirklich widerwärtig finde. Er ist das Gegenteil von widerwärtig: lecker, begehrenswert.

Gefährlich.

„Wenn du das sagst, Süße. Heißt das also nein, du willst nicht mit mir shoppen gehen?"

Ich beiße mir auf die Lippe, denn ich weiß, dass ich genau das antworten sollte. Aber ich will es nicht. Ich will mehr Zeit mit Caleb verbringen. Ich will wissen, ob mehr Zeit mit ihm diese Gefühle des Begehrens, die er in mir auslöst, ausmerzen wird oder ob dadurch die Flammen noch heißer lodern werden.

„Ich würde sagen, das kommt darauf an, wie der restliche Flug verläuft", antworte ich.

„Das reicht mir als Antwort."

KAPITEL VIER

Caleb

Ich habe nicht gelogen, als ich sagte, ich habe keine anderen Hosen zum Wechseln dabei. Ich hatte nicht vor, länger als ein paar Tage in L.A. zu bleiben, einfach nur lang genug, um ein Fotoshooting für *Bella* zu machen, und ich habe es nicht für nötig gehalten, grundlos mehr als ein Paar Anzughosen einzupacken. Wenn ich ein Shooting habe, trage ich das, was ich am bequemsten finde – Jeans.

Aber seien wir ehrlich, hier geht es nicht um Hosen: hier geht es darum, in *Heathers* Hosen zu kommen. Denn ich habe beschlossen, dass ich sie verführen werde. Sie ist eine würdige Eroberung – schön, feurig, klug – und ich weiß, dass sie mich will. Als wir landen, kann sie nicht aufhören, mich anzusehen, und als sie mich draußen im Terminal aus den Augen verliert, während ich unser Taxi organisiere, wird deutlich, dass sie sich Sorgen macht. Ihr Gesicht leuchtet regelrecht auf, als ich ihr zuwinke und sie meinen Blick auffängt.

Also ja, Verführung. Definitiv. Allein der Gedanke an diese

langen, blassen Beine um meine Hüfte, während ich sie ficke? Gott, ich bin hart wie Stahl. Wen interessiert der Colafleck auf meiner Hose? Sollte irgendjemand einen Blick auf meinen Schritt werfen, werden sie noch etwas ganz anderes zu Gesicht bekommen.

Wir verlassen das Flughafengelände, jeder von uns nur mit kleinen Handgepäckstücken unterwegs, und schicken das Taxi zu einem örtlichen Kaufhaus. Heather sieht aus, als wäre sie nicht sicher, ob sie auf meinem Schoß sitzen oder lieber so weit wie nur möglich von mir wegsitzen würde, während wir im Auto sind. Es ist mehr als wahrscheinlich, dass sie gerade Zweifel hat und ausflippt. Sie scheint der Typ dafür zu sein.

Wenn es etwas gibt, worin ich gut bin, dann darin, eine schöne Frau dazu zu bringen, ihr Schutzschild zu senken, doch Heather erscheint wie eine Person, die Schmeicheleien skeptisch gegenübersteht.

Ich beschließe, eine andere Taktik zu probieren.

„Ich muss einfach fragen", sage ich leise, obwohl mir ziemlich egal ist, ob der Fahrer uns hört, „ob du mir diese Cola absichtlich übergegossen hast. Hast du?"

Sie funkelt mich böse an. „Warum sollte ich das tun?"

„Das ist doch offensichtlich: damit du mehr Zeit mit mir verbringen kannst."

Sie schnauft verächtlich und ich lache. Sie ist so eine leichte Zielscheibe. Ich sollte sie wirklich in Ruhe lassen, doch ich kann einfach nicht anders.

„Habe ich dir schon gesagt, dass du arrogant bist?", fragt sie mit hochmütiger Stimme. „Tja, das bist du. Ein arroganter, egoistischer Knallkopf –"

„Hast du mich gerade Knallkopf genannt?"

„Ja, und da kannst du noch Arschloch hinzufügen, Hurensohn und –"

Ich beuge mich vor und nehme ihr Kinn, damit sie mich

ansehen muss. Mein Griff ist nicht fest, aber sie versucht auch nicht, sich loszureißen.

„Dennoch hast du entschieden, mehr Zeit mit mir zu verbringen. Woran liegt das?", frage ich.

Sie macht große Augen. „Ich wollte es wiedergutmachen, dass ich deine Hosen ruiniert habe." Sie flüstert diese Worte, als würde sie selbst sie nicht einmal glauben.

Ich schlüpfe unter dem Schultergurt hindurch, damit ich näher an sie herankomme, und dränge sie in die Ecke des Taxis. „Ich denke, du bist eine Lügnerin", sage ich mit samtweicher Stimme. Ich streichele ihre Kinnpartie mit meinem Finger.

„Bin ich nicht!"

Ich lasse meinen Daumen über diese volle Unterlippe streifen. „Ich glaube, du willst es so sehr, dass du es nicht ertragen kannst. Das kotzt dich an. Du hast immer die Kontrolle. Aber heute nicht." Ich beuge mich so weit nach vorn, dass ich ihr Parfum und ihren warmen, weiblichen Duft riechen kann, und sage: „Du willst, dass ich dich vornüberbeuge und dich ficke, bis du schreist."

Sie atmet schwer, beinahe hechelnd, und ich will sie gerade küssen, als das Taxi anhält.

„Wir sind da", haucht Heather.

„Sieht so aus."

Ich bezahle den Fahrer, der von unseren Spielchen gelangweilt zu sein scheint, und wir steigen aus dem Auto. Es ist ein sonniger Tag – typisch für L.A. – und der Verkehr rauscht vorbei, während wir auf dem Gehweg stehen. Heather sieht aus, als wäre sie in Trance, und ich schmunzele.

Minuten später wandern wir durch die Gänge. Ich mache eine große Show daraus, mich umzusehen, bevor ich mir ein fürchterliches Paar Großvaterhosen schnappe. Sie verdreht die Augen, schaut sich um und nimmt dann ein paar Slacks. „Ich denke, die sollten passen", sagt sie, als sie mir die Hosen reicht. „Ich habe deine Maße geraten."

Ich grinse. „Meine Maße, hm? Ist es das, wo du hingesehen hast?"

„Benimm dich." Sie bringt mich in den Umkleidebereich, und als ich einen Blick hineinwerfe, sieht er leer aus. Die Türen aller sechs Umkleidekabinen sind offen. „Wenn du ein paar andere Größen brauchst, sag mir Bescheid."

Bevor sie weggehen kann, ergreife ich ihre Handgelenke. „Nicht so schnell. Ich brauche deine Meinung dazu, wie sie an mir aussehen."

„Was?", haspelt sie, zieht sich sofort zurück und schaut sich wild um, um zu sehen, ob uns irgendjemand beobachtet. „Komm raus, wenn du sie anhast!"

„Nö, das reicht mir nicht." Ich ziehe sie in den Umkleidebereich und bemerke, dass eine laute Klingel ertönt, sobald wir eintreten. Ich suche nach der größten Umkleidekabine, ziehe sie hinein, werfe unsere Handgepäckstücke in die Ecke und schließe die Tür.

„Ich bin nicht – was tust du da?", ruft sie flüsternd, als ich ihre Hände an meinen Gürtel lege. Ihre Atmung wird schneller.

„Ich brauche Hilfe."

„Hilfe wofür?" Sie ist außer Atem und rot.

„Ich werde mich hier nicht selbst ausziehen, wenn das eine schöne Frau für mich erledigen kann." Ich lasse einen Finger ihre Kehle hinabwandern und dann beuge ich mich vor und knabbere an ihrer Schulter. Sie fröstelt. Ich nehme ihre Hände und drücke sie gegen meinen Schritt.

Heather starrt meinen Schoß an und ihre Finger spielen an meinem Knopf.

Ich muss zugeben, dass ich normalerweise grazile, fitte Frauen bevorzuge, die Wagenknochen haben, die Glas zerschneiden könnten. Typische Models eben. Heather ist das genaue Gegenteil: kurvig, die Wangen mit Sommersprossen übersät. Doch ihre Lippen sind dunkelrosa und ich kann nicht anders, als mich zu fragen, wie ihr blondes Haar aussehen würde, ausgebreitet auf meinem Kopfkissen. Jetzt leckt sie ihre Lippen und ihre Augen sind glasig. Ihre Nippel zeichnen sich hart unter dem dünnen Stoff ihrer Bluse ab. Sie schickt mir jedes Signal, wie es im Buche steht. Ich lasse eine Hand über ihren Rücken wandern, hinunter zu ihrem knackigen Arsch.

Ihre Brüste pressen sich an meine Brust. Unsere Lippen sind nur einen Hauch voneinander entfernt. Ihre hellen grünen Augen blicken zu mir hoch.

„Was, wenn uns jemand erwischt?"

„Hast du die Klingel gehört, als wir hereingekommen sind? Sie wird uns warnen, wenn sich jemand nähert." Sie beruhigt sich und ich habe das Gefühl, dass dies einiges dazu beiträgt, sie zu ermutigen. *Danke Gott, für diese Klingel.*

„Solange du ruhig bist, wird niemand erfahren, was wir machen. Wirst du leise sein?", frage ich und hebe herausfordernd die Augenbrauen.

Sie schluckt schwer. Beißt sich auf die Lippe. Dann überwältigt sie mich, als sie sagt: „Ja."

Das ist das einzige Zeichen, das ich brauche. Ich küsse sie, nehme ihren üppigen Mund in Besitz und sie stöhnt. Gott, ist sie süß. Als sie anfängt, meine Hose aufzuknöpfen, genieße ich den Triumph.

Ja, du gehörst mir. Ich werde dich ficken und dafür sorgen, dass du jeden anderen Mann mit mir vergleichst.

Bei dem Gedanken an sie mit einem anderen Mann erfasst mich eine Welle der Eifersucht. Ich küsse sie härter, lecke ihren Mund ab. Ich will, dass sie weiß, dass ich hier die Kontrolle habe, dass ich derjenige bin, der erobert. Sie kämpft nicht, sondern ergibt sich und schlingt ihre Arme um meinen Nacken. Eine Minute später lockern sich ihre Arme und ich höre, dass mein Reißverschluss geöffnet wird, als mein Gürtel sich löst.

Ich ziehe meine Schuhe aus und sie tut es ebenso. Ich ziehe die Haarnadeln aus ihren Haaren und vergrabe meine Hände dann in ihrer vollen Pracht. Ich küsse ihren blassen Hals, leckend und saugend, und sie packt meine Schultern noch fester. Ich kann spüren, dass sie zittert. So empfänglich, so empfindlich. Wann habe ich zum letzten Mal eine Frau geküsst, die mir so die Kontrolle überließ?

„Verdammt, du bist bezaubernd", murmele ich. Ich umfasse ihre Brüste, massiere dabei ihre Nippel mit den Daumen und sie wirft ihren Kopf zurück und stöhnt. Plötzlich haben wir zu viele Sachen an und Knöpfe fliegen umher, als ich ihre Bluse aufreiße, um das Seidenmieder darunter zu offenbaren.

„Caleb." Sie sagt meinen Namen, als ich ihr das Mieder vom Leib reiße. Sie trägt einen weißen Spitzen-BH und es gibt nichts, das ihre Vorzüge noch verbessern würde. Mein Schwanz ist mittlerweile so hart, dass es schmerzt.

Ich ziehe an ihren Haaren; sie vergräbt ihre Nägel in meinen Schultern. Ich küsse ihr Sternum, spüre das Herz in ihrer Brust klopfen und dann öffne ich diesen BH, um zum besten Teil zu gelangen. Und sie sind der beste Teil – bisher. Ihre Brüste sind eine weiche Handvoll, ihre Nippel dunkelrosa wie ihre Lippen, nicht eine Sommersprosse haben sie.

„So blass", sage ich. „Hast du dich noch nie oben ohne gesonnt?"

Sie schüttelt den Kopf. „Habe ich mich nie getraut."

Also das ist etwas, das geändert werden sollte, doch als ich eine Brustwarze mit meiner Zunge umspiele, verschwinden jegliche Gedanken aus meinem Kopf. Ich spiele mit ihr, sauge und lecke ihre köstlichen Nippel und lasse sie noch roter werden.

„Caleb …" Ihre Stimme klingt bestimmt und ich höre auf, um zu ihr aufzublicken. „Caleb, ich weiß nicht …" Sie sucht verzweifelt nach Worten.

Ich nehme sie in die Arme. „Vertrau mir, okay?"

Sie schaut mich eindringlich an und nach einer gefühlten Ewigkeit antwortet sie: „Okay."

KAPITEL FÜNF

Heather

Die Stimme in meinem Kopf, die mir entgegenschreit, vorsichtig zu sein, dieses völlig verrückte Vorhaben nicht durchzuziehen, wird in den Hintergrund gedrängt, als Caleb mich erneut küsst. Ich vertraue ihm: vielleicht sollte ich es nicht, doch ich tue es. Er hat sich im Flugzeug um mich gekümmert, als ich ausgeflippt bin, und ich würde lügen, wenn ich behaupte, dass er nicht wie ein Engel küsst. Oder ein Teufel.

Ich bin nicht sicher, ob es mich in den Himmel oder die Hölle befördern wird, mit ihm zu schlafen, aber das ist mir gerade egal. Solange ich mit ihm zusammen bin, wenn wir dorthin gehen.

Ich befreie ihn aus seinem Hemd und unterdrücke ein Japsen, als sich sein Oberkörper offenbart. Muskulös und gebräunt und er stellt buchstäblich einen Eightpack an seinem durchtrainierten Bauch zur Schau. Mein Blick bringt ihn zum Lachen.

„Amüsierst du dich, Süße?"

Da ich kein Interesse daran habe, hier die Einzige zu sein, die den Verstand verliert, dringe ich unter den Bund seiner Hose vor.

Ich hatte seine Hose vorhin schon geöffnet, doch als er anfing, mich zu küssen, war ich abgelenkt. Aber jetzt? Wird mich nichts mehr ablenken.

Seine Augen werden dunkel, während er mich beobachtet. Ich lasse meine Finger direkt über seinen Schritt tanzen, kann die kurzen Haare dort spüren, und als ich in seine Boxershorts eintauche, stöhnt er. Ich umfasse ihn mit meiner anderen Hand durch seine Hose hindurch, und mein ganzer Körper schaudert, als ich an seine Größe erinnert werde. Ich dachte, mein Ex Bo wäre ordentlich ausgestattet gewesen, aber ich habe offensichtlich etwas verpasst.

„Wirst du nur mit mir spielen?", knurrt er.

Ich kann mir das Lächeln auf meinen Lippen nicht verkneifen. „Wie du mir, so ich dir", sage ich zu ihm. Bevor er reagieren kann, reiße ich seine Hose samt Boxershorts herunter und habe einen guten Ausblick auf besagte Ausstattung. Mein Gott, ist das ein Einblick: sein Schwanz ist lang und an der Spitze, wo ein schimmernder Tropfen sitzt, breit. Ich wische den Tropfen mit dem Daumen weg und höre ihn fluchen.

Er ist wie in Samt gehüllter Stahl und ich werde augenblicklich feucht, als ich mit ihm spiele und seinen Schwanz reibe und massiere. Ich kann ihn nicht einmal mit den Fingern umfassen, so groß ist er, und ich bin nicht ganz sicher, ob ich so einen riesigen Schwanz aufnehmen kann. Er scheint meine Angst zu spüren, als er mir ins Ohr flüstert: „Er wird passen. Keine Sorge, Süße."

Der Gedanke, wie er mit einem Schwanz dieser Größe in mich eindringt? Bereitet mir Schwindel. Ich breche beinahe vor seinen Füßen zusammen. Ich halte mich mit einer Hand an seiner Schulter fest, während ich ihn mit der anderen weitermassiere. Zu meiner Überraschung wird er in meiner Hand noch größer.

„Genug gespielt." Er schlägt meine Hände beiseite, zieht mir meine eigene Hose aus und lässt mich in meinem Spitzenhöschen dastehen. Als er sieht, wie nass ich bin, gibt er einen kehligen, zustimmenden Laut von sich.

Er nimmt mein Handgelenk und ich setze mich auf die Bank in der Ecke. Er öffnet meine Beine weit und ich kann nicht einmal daran denken, nein zu sagen. Ich will nicht nein sagen. Ich will, dass er alles mit mir und meinem Körper macht, was er möchte. Ich bin ihm vollkommen hörig.

Solche Dinge tue ich nie. Ich war immer ein Mädchen, das Sex in festen Beziehungen hat. Das eine Mal, als ich über einen One-Night-Stand nachdachte, zog ich den Schwanz ein und rannte nach Hause zurück, um allein Wein zu trinken und Netflix zu sehen.

Nun kniet der heißeste Typ, den ich jemals gesehen habe, mit dunklen Augen zu meinen Füßen und allein sein Blick bringt mich zum Zittern. Ich bin so angeturnt, dass ich das Gefühl habe, mein Körper wäre eine Stromleitung voller Elektrizität.

Er klemmt seine Finger in mein Höschen und schiebt es langsam meine Beine hinab. *Gott sei Dank habe ich mir gestern die Beine rasiert*, denke ich und beiße mir auf die Innenseite meiner Wange, um nicht zu lachen. Ich bin hysterisch. Ich drehe durch.

Doch jetzt richtet er sich auf und teilt meine Schamlippen und all meine hysterischen Gedanken verfliegen. Ich sollte mich schämen, doch ich bin einfach nur erregt. Er sieht mich an und ich höre ihn stöhnen, tief in seiner Kehle.

„Verdammt, du bist völlig durchnässt für mich, Süße. Wie ein saftiger Pfirsich, in den ich einfach hineinbeißen möchte."

Er taucht seine Finger in meine Scheide und meine Zehen kräuseln sich. Er berührt mich kaum – nur eine hauchzarte Berührung – doch ich verliere den Verstand. Ich vergrabe meine Finger in seinem Haar, als er meine Scham küsst und seine Zunge benutzt, um mich zu lecken. Während er meine Schamlippen wie ein Eis am Stiel leckt, treibt er meine Leiden-schaft immer höher und höher und mein ganzer Körper verkrampft sich. Ich weiß nicht, ob ich schreien oder weinen werde – vielleicht beides. Selbst wenn jetzt jemand in den Ankleidebereich kommt und diese verdammte Klingel aktiviert, bin ich nicht sicher, ob es mir etwas ausmachen würde, so weit bin ich schon.

„Du schmeckst fantastisch", sagt er, und ich sehe meine Nässe auf seinen Lippen glitzern. Als er meine Klit in den Mund nimmt, dringt er gleichzeitig mit zwei Fingern in mich ein. Ich krümme mich japsend und er saugt einfach stärker an meiner geschwollenen Knospe. Er ist unerbittlich. Mein Körper steht in Flammen und ich kann spüren, wie mich die Welle mit jeder Bewegung seiner Finger in meinem Inneren erreicht. Er erhöht sein Tempo und fingert mich, während er meine Klit leckt, und nur ein paar Augenblicke später trifft mich die Welle.

Ich schreie, als mein Körper zusammenzuckt, doch er hält meine Hüfte mit seinem anderen Arm einfach fest. Ich zittere und stöhne, reite auf seinem Gesicht und höre sein dunkles Kichern.

Ich bin ein schlaffes Häufchen, japsend und keuchend, als er seine Brieftasche aus seiner colabefleckten Hose fischt und ein Kondom herausholt. Er zieht sich das Latex über, steht dann auf und hebt mich gleichzeitig hoch. Nun sitze ich auf seinem Schoß und meine empfindliche Scham streift seinen harten Schwanz, als ich die Klingel höre, die mir sagt, dass jemand den Umkleidebereich betreten hat. Wir beide erstarren. Caleb starrt mir fragend in die Augen. Will ich, dass er aufhört?

Obwohl ich gerade gekommen bin, will ich ihn in mir. Ich will spüren, wie er mich mit seiner harten Länge nimmt, bis ich erneut schreie. Meine Scham zuckt.

Rasch schüttele ich den Kopf. „Mach weiter", flüstere ich.

Er grinst, dann küsst er mich und ich schmecke meinen eigenen intensiven Geschmack auf seinen Lippen. Ich spüre seine Finger zwischen unsere Körper schlüpfen und dann dringt er in mich ein. Meine Angst von vorhin, dass er zu groß sein könnte, lähmt mich, doch er gleitet leicht in mich hinein, so heiß und

31

feucht bin ich. Doch er ist groß und füllt mich so sehr aus, dass ich beinahe wimmere.

Doch das darf ich nicht. Ich muss still sein.

Er drückt seine Lippen gegen mein Ohr und flüstert: „Verdammt, bist du eng", als er schließlich bis zum Anschlag in mich eindringt.

Ich lehne mich zurück und er küsst meinen Hals, während er anfängt, mich mit schnellen Stößen zu nehmen, die mich sofort wieder anheizen. Er nimmt mich wild, benutzt meinen Körper zu seinem eigenen Vergnügen, und ich liebe es. Mein Körper prallt gegen seinen, ich halte mich an seinen Schultern fest und er stöhnt. Er wird schneller; unsere Körper schlagen aneinander und eine Sekunde lang befürchte ich, dass uns jemand erwischen wird. Dass wir ertappt werden. Doch es ist mir egal. Ich kann ihn nicht stoppen.

Ich kann diese Welle wieder spüren. Sie wird mich gleich treffen und sie wird noch intensiver sein als zuvor. Ich zittere und schnappe nach Luft, während meine Scham sich um seinen Schwanz schlingt. Er leckt meinen Hals ab, dann erstarrt er und neigt den Kopf zur Seite, als würde er etwas hören.

Diese fürchterliche Klingel ertönt wieder.

„Wir sind wieder allein", sagt er.

Ich schaue ihn mit großen Augen an und frage stumm: *Woher willst du wissen, dass niemand anderes hereingekommen ist?*

„Vertrau mir", meint er.

Und das Erstaunliche ist, dass ich das tue.

Ich vertraue darauf, dass er mich vor Peinlichkeiten bewahrt. Ich vertraue darauf, dass er mir noch mehr Lust bereitet. Er ist ein völlig Fremder, doch ich vertraue ihm auf eine Weise, wie ich seit langer Zeit niemandem mehr vertraut habe.

Er leckt noch einmal meinen Hals ab und beginnt wieder zuzustoßen, was mich zum Stöhnen bringt. „Komm für mich, Süße. Lass diese hübsche kleine Muschi über meinen Schwanz kommen."

Niemand hat je zuvor so mit mir geredet, doch es erregt mich nur noch mehr. Ich knabbere an seiner Schulter, will ihn kennzeichnen, und wieder lacht er so dunkel und tief. Seine Hände sind jetzt auf meinen Hüften, seine Finger graben sich in meine Haut, und ich bin nah dran. Ich schnappe nach Luft; meine Kehle schnürt sich zu. Ich kann nicht atmen, die Lust ist so intensiv.

Und dann erfasst mich die Welle und ich springe über die Klippe. Ich taumele immer weiter abwärts und höre ihn stöhnen, doch ich kann mich gerade ausschließlich auf die vollkommen fesselnde Lust dieses Moments konzentrieren.

Ich falle an seine Brust. Ich kann mich nicht bewegen und wenn ich mich niemals wieder rühren könnte, wäre das okay. Mein Körper zittert noch immer und wir sind beide mit einer feinen Schweißschicht bedeckt. Caleb hebt mein Kinn an und küsst mich, mit Lippen und Zunge und Zähnen und allem, was dazugehört. Es ist ein Kuss, der mir sagt, dass er Besitz von mir ergriffen hat, und dass sein Schwanz immer noch in mir ist, bestätigt mir, dass es stimmt.

Er hat einen Teil von mir in Besitz genommen, den ich niemals wiederbekommen werde. Es ist ein erschreckender Gedanke, doch als er mich küsst, löst sich jede Furcht in Luft auf.

Ich bin nicht sicher, wie viel Zeit vergeht, bis ich bemerke, dass ich langsam friere, während ich in der kühlen Luft der Klimaanlage sitze, nackt wie am Tag meiner Geburt. Ich stehe von seinem Schoß auf und wir ziehen uns an. Ich verlasse als erstes die Umkleidekabine und bleibe vor einem Spiegel stehen, um mich zu vergewissern, dass ich so präsentabel wie möglich aussehe. Einige Knöpfe meiner Bluse sind verloren gegangen, sodass sie an den Stellen offen ist. Die Frau, die zurückstarrt, ist eine Fremde. Rot. Ihre Augen glänzen vor Befriedigung. Ich sollte schockiert sein.

Ich bin es nicht.

Was für eine absolut außergewöhnliche Erfahrung, denke ich mir. Eine, die ich genossen habe, und die Erinnerung daran werde ich in den langen, einsamen Nächten, die vor mir liegen, auskosten können.

Einige Minuten später schaue ich gerade ein Shirt mit V-Ausschnitt an, das Caleb meiner Meinung nach fantastisch stehen würde, als er seinen Arm um meine Taille legt und meinen Hals küsst. Als ich mich umdrehe, ist er angezogen und hält die Hose, die ich für ihn ausgesucht habe, in der Hand. Er hält sie hoch und sagt: „Passt perfekt", und ich kann mir nicht helfen zu glauben, dass er über uns beide redet und darüber, wie leicht unsere Körper miteinander verschmolzen sind.

„Das freut mich", sage ich. Ich strecke die Hand aus und ordne seinen Kragen, der das eigentlich wirklich nicht nötig hat. „Du siehst toll aus für dein Meeting oder was immer du vorhast", sage ich.

Als ich das sage, runzelt er die Stirn, sieht auf die Uhr und verzieht das Gesicht. „Scheiße, ich muss gehen. Ich habe tatsächlich ein Meeting."

Er zieht mich ein letztes Mal an sich und fällt über meinen Mund her. Dann lösen wir uns voneinander und sehen uns einen Augenblick lang eindringlich an.

Er sieht hin- und hergerissen aus, als er sagt: „Heather ..."

Ich schüttele den Kopf. „Es ist okay. Danke, dass du mir geholfen hast, den Flug zu überstehen. Und was die andere Sache betrifft ..." Ich deute mit dem Kopf in Richtung Umkleidebereich. „Tja, das war untypisch für mich, aber es war großartig."

Er nickt. Dennoch ist da noch etwas in seinem Blick, als wollte er mehr sagen, doch als ich ihn nur anlächele, verwirft er es. „Pass auf dich auf, Süße."

„Du auch, Caleb."

KAPITEL SECHS

Caleb

Ich werde nicht lügen, ich wollte wirklich bleiben und jeden Zentimeter an Heathers Körper auskosten, am liebsten an einem privaten Ort mit einem großen Bett, doch ich habe ein Meeting mit der Chefredakteurin von *Bella* und kann es nicht riskieren, zu spät zu kommen. Darüber hinaus bin ich ein strikter Verfechter zwangloser Bettgeschichten. Ich lasse mich nicht mehr auf Beziehungen ein, und wenn es eine Frau gibt, die ganz offensichtlich der Beziehungstyp ist, dann ist es Heather mit ihren schicken Klamotten und ihren entzückenden Hemmungen. Als sie mich also regelrecht mitgerissen hatte, nachdem sie ihre Befriedigung bekommen hatte (und ich definitiv auch meine), habe ich meinen überraschenden Widerwillen, sie zu verlassen, verdrängt und genau das getan.

Nachdem ich in meinem Hotel eingecheckt und mich in meinem Zimmer kurz umgezogen habe, mache ich mich nun auf den Weg zu meinem Meeting in Downtown, Los Angeles. Ich erreiche das protzige Hochhaus und die Chefredakteurin hat bereits Platz genommen.

Als ich eintrete, hebt sie ihre perfekt gezupfte Augenbraue. „Schön, dass Sie es geschafft haben, Johnny", sagt sie mit ihrem vornehmen Akzent.

„Schön, Sie wiederzusehen, Rebecca. Dave, Catherine." Ich schüttele dem Rest der Gruppe die Hand, bevor ich mich setze.

Obwohl mein Vorname Caleb ist, werde ich Johnny genannt (nach meinem Nachnamen Johnson), seit irgendein wichtiger Typ im Modebusiness praktisch beschlossen hat, dass ihm das besser gefällt als Caleb. Im Berufsleben bin ich also Johnny.

„Tja, also, wir wollten gerade anfangen." Rebecca ist Mitte Vierzig, ihr Haar ist dunkelbraun und sie trägt nur wenig Make-up. Doch ihre Kleidung ist maßgeschneidert und sie strahlt Reichtum aus. Rebecca kam schon mit dem goldenen Löffel im Mund zur Welt, doch jeder im Business weiß, dass sie mit allen Mitteln um den Respekt der Branche gekämpft hat, da sie oft nur als dummes kleines reiches Mädchen abgetan wurde. Nun beherrscht sie das nobelste Modemagazin der Welt.

Sie sollte mir vermutlich Angst machen, doch Rebecca und ich kennen uns schon seit mehreren Jahren. Als ich noch hier und da Gelegenheitsshootings hatte, war sie diejenige, die mir Jobs besorgte und mich beauftragte. Ich habe sie von Anfang an respektiert; im Gegenzug hat sie mir dieselbe Ehre erwiesen.

„Jetzt, da alle hier sind, sollten wir den Plan für die nächste Woche durchgehen. Morgen ist das Shooting mit *Talina Designs & Boutique*. Talina ist eine aufstrebende Designerin. Sie wurde bisher noch nicht in *Bella* vorgestellt, doch seit ich ihre neueste Kollektion gesehen habe, weiß ich, dass sie sich perfekt für eine mehrseitige Fotostrecke eignet."

Das Meeting geht damit weiter, dass Rebecca jedes einzelne Detail durchgeht, niemals überlässt sie etwas dem Zufall. Sie kann enorm anspruchsvoll sein, doch das ist einer der Gründe dafür, dass sie es so weit gebracht hat.

Als sie ihre Aufmerksamkeit jedoch den anderen Anwesenden im Zimmer widmet, ertappe ich mich dabei, dass ich wieder an Heather denke: an ihr Haar, das über ihren Rücken fällt, ihren Körper, der von oben bis unten gerötet war, während sie meinen Schwanz geritten ist, wie sie auf meiner Zunge schmeckte. Für gewöhnlich sind meine Begegnungen mit Frauen befriedigend – schnell und ohne weitere Verpflichtungen –, doch Heather bekomme ich nicht aus dem Kopf. Ich will sie nicht einfach nur noch einmal ficken, sondern ich will sie wiedersehen. Ich will sie necken und sie reizen und sie dazu bringen, mich böse anzuschauen, bevor ich sie küsse, bis sie stöhnt.

Bei diesen Erinnerungen wird mein Schwanz hart und ich schiebe sie weg. Ich darf in einem Meeting keinen Ständer bekommen, Herrgott nochmal, ganz egal, wie heiß Heather auch sein mag. Rebecca denkt ja bereits, dass ich ein notgeiler Bock bin, der die Hosen nicht anlassen kann. Wenn sie herausfände, dass ich fast zu spät gekommen wäre, weil ich es mit einer Frau getrieben habe, die ich erst kennengelernt habe, würde sie mich rauswerfen.

Am nächsten Morgen holt Rebecca mich mit einem Firmenwagen ab und wir fahren zu *Talina Designs & Boutique*. Hinter uns fahren mehrere andere Fahrzeuge, die Models und andere Crewmitglieder transportieren. Als wir ankommen, fange ich an, meine Kamera, das Stativ und das weitere Equipment abzuladen. Währenddessen bekommt Rebecca einen Anruf und flüstert ihrer Assistentin Catherine zu, dass sie gleich nachkommen werde.

Catherine ist eine große, hoch aufgeschlossene Rothaarige mit den hellsten grünen Augen, die ich je gesehen habe. Ich gebe zu, dass ich vor Jahren versucht habe, Catherine ins Bett zu kriegen, doch sie lachte mich nur aus. Wie sich herausstellte, hat sie nur Augen für die Ladys.

Catherine, ich und der Rest der Crew begeben uns hinein.

Das Erste, was ich sehe, ist eine Frau, die vornübergebeugt ist und ihren Hintern in die Höhe reckt. Als sie sich aufrichtet, fallen ihre blonden Haare über ihre Schultern, und ich *kenne* sie.

Ich kenne diesen Körper. Ich kenne diese Haare …

Heilige Scheiße.

Heather.

Ich bin immer noch verwirrt, sie zu sehen, und frage mich, was sie hier macht, als Catherine sagt: „Ms. Flint, ich möchte Ihnen den Mann vorstellen, der heute Ihre Kollektion fotografieren wird."

Heather dreht sich um, und als sie mich sieht und mich erkennt, macht sie große Augen. Ihr Lächeln stockt – jedoch nur für den Bruchteil einer Sekunde. Dann setzt sie ein Lächeln auf, das nur ich durchschauen kann. „Ms. Samson, richtig? Bitte nennen Sie mich Heather." Sie schüttelt Catherine die Hand, bevor sie sich an mich wendet.

„Heather", sagt Catherine, „das ist Johnny, Ihr Fotograf für den heutigen Tag."

Ich strecke ihr die Hand entgegen und bin eine Sekunde lang unsicher, ob Heather sie nehmen wird. Sie mustert sie, als wäre sie eine schleimige Kröte. Schließlich nimmt sie meine Hand, allerdings achtet sie dabei darauf, ihre Fingernägel ordentlich in meine Haut zu bohren, als wollte sie sagen: *Wage es ja nicht, ein Wort über gestern zu verlieren!*

„Johnny Johnson?"

Ich räuspere mich. „Eigentlich lautet mein vollständiger Name Caleb Johnson. Johnny ist ein Spitzname."

Sie nickt einfach nur.

„Und Talina? Ist das …"

„Talina ist mein zweiter Vorname", sagt sie streng. „Wie auch immer, Ihr Ruf eilt Ihnen voraus, Mr. Johnson. Ich fand die Vorstellung, mit Ihnen zu arbeiten, aufregend."

Sie *fand* es aufregend. Aber jetzt offensichtlich nicht mehr.

„Danke. Es freut mich, heute mit Ihnen arbeiten zu können." Das ist ein dämlicher Satz, aber etwas Besseres fällt mir gerade nicht ein.

Catherine schaut von einem zum anderen. Ich glaube, sie spürt eine gewisse Spannung, aber sie ist zu höflich, um etwas zu sagen. „Also, ihr solltet euch beide bereitmachen, dann fangen wir an. Rebecca wird gleich kommen, wenn sie ihren Anruf beendet hat."

Catherines Aufmerksamkeit wird von einem der vielen Assistenten gefordert und nun sind Heather und ich allein. Nun, so allein, wie zwei Menschen in einem Geschäft eben sein können, das voller Leute ist, die es auf ein Fotoshooting vorbereiten."

„Du", knurrt sie mich an. Ihre Augen funkeln. „Du wusstest nicht, dass du der Fotograf dieses Shootings bist? Dass du für *mich* arbeiten würdest?"

„Wie hätte ich das wissen sollen? Du hast mir nur erzählt, dass du im Einzelhandel tätig bist. Ich hatte keine Ahnung, dass du etwas mit *Talina Designs & Boutique* zu tun hast. Für mich warst du Heather, nicht Talina."

Sie atmet tief ein, dann verschwindet ihr Stirnrunzeln langsam. Sie seufzt. „Natürlich hattest du keine Ahnung. Genau wie ich keine Ahnung hatte, dass Johnny Johnson, der berühmte Modefotograf, der Mann ist, mit dem ich …" Ihre Worte verstummen, doch sie wird feuerrot, wodurch sie mir genau sagt, was sie gerade denkt. Und dass sie sich ganz genau daran erinnert, was wir gestern miteinander in dieser Umkleidekabine getrieben haben.

„Hör zu, das wird schon alles. Wir sind beide professionell. Wir können damit umgehen. Stimmt's?"

Einen Augenblick lang sieht sie unschlüssig aus, dann nickt sie entschlossen. „Stimmt."

Als sie weggeht, sage ich mir immer wieder: Ich bin Profi.

Dieses Shooting ist geschäftlich. Rein geschäftlich. Und obwohl ich mir das sage, folgt mein Blick jeder von Heathers Bewegungen.

Und die Gedanken in meinem Kopf sind alles andere als geschäftlich.

KAPITEL SIEBEN

Heather

Ich bin so was von erledigt.

Caleb – Johnny? Ich weiß nicht einmal, wie ich ihn nennen soll. Er redet gerade mit Rebecca und ich muss meinen Blick immer wieder mit Gewalt von ihm abwenden. Ich sage mir, dass wir nichts falsch gemacht haben. Wir beide sind zwei Erwachsene, die sich einig waren, und wie er schon sagte, sind wir beide professionell. Was wir gestern gemacht haben, hat nichts damit zu tun, was heute passieren wird.

Ich wusste, dass der berühmte „Johnny" mein Fotograf sein würde, doch ich wusste nicht, dass sein richtiger Name Caleb ist. Ich hätte ihn gleich googlen sollen, doch wer hätte gedacht, dass wir im gleichen Flieger sitzen würden? Es ist wie ein schrecklicher Alptraum, aus dem ich einfach nur erwachen möchte, weil der Mann, mit dem ich Sex hatte, kurz nachdem ich ihn im Flugzeug kennengelernt hatte, derselbe Mann ist, der eine der größten Gelegenheiten meiner Karriere einfach so zum Erfolg führen oder vernichten könnte.

„Hey Heather, kannst du herkommen und dir das ansehen?"
Meine Assistentin Tanya, eine kleine, kurvige Brünette, winkt
mich heran. Tanya und ich arbeiten schon seit über drei Jahren
zusammen und sie ist in dieser Zeit zur Mitarbeiterin meines
Vertrauens geworden.

„Natürlich, was ist los?"

„Also, ich weiß, dass du die Bundfalten in diese Richtung
haben willst, aber ich denke, an diesem Model würden sie so
besser aussehen." Tanya zeigt mir, was sie meint. „Siehst du?"

Ich gehe um das Model herum. Sie bleibt ruhig, während wir
das Kleid ordnen. Das Model weiß, dass sie nur hier ist, um die
Kleider zu präsentieren, und das weiß ich zu schätzen. Die
Models, die sich über die Temperatur oder ein unbequemes Kleid
beschweren oder die darüber jammern, dass der Hairstylist zu
lange braucht? Das sind die Models, mit denen ich keine Geduld
habe.

Ich gehe noch einmal um das Model herum und nicke. „Ich
denke, du hast recht. Stecke es erst mal in die andere Richtung
fest. Wenn wir erst einmal die Fotos gesehen haben, können wir
entscheiden, ob wir es rückgängig machen oder nicht."

Tanya macht sich an die Arbeit und ich laufe umher, um die
anderen Models zu begutachten. Wie Rebecca und ich ausgemacht hatten, sind heute sechs Models da, die für die Fotos
jeweils drei verschiedene Outfits tragen werden. Nicht alle
Outfits werden es ins Magazin schaffen, doch es ist besser, zu
viele Fotos zur Auswahl zu haben als zu wenige. Als ich auf ein
Model zugehe, das fast einen Kopf größer ist als ich, ziehe ich an
ihrem Ärmel, um dafür zu sorgen, dass er richtig fällt. Das Haar
eines anderen Models ist nicht so, wie ich es wollte – zu lockig –
und ich schicke sie mit Anweisungen, was ich will, zurück zum
Hairstylisten.

Ein anderes Model sitzt auf einem Stuhl und sieht mürrisch
aus. Als ich sie frage, was los ist, seufzt sie und erzählt mir, dass
ihr Freund sie letzte Nacht um eine Beziehungspause gebeten

habe. Ich sage ihr prompt, dass sie zu gut für ihn sei und sich von ihm nicht den Tag verderben lassen solle. Sie lächelt mich ausdruckslos an; ich hoffe, dass sie heute trotzdem zum Modeln aufgelegt ist.

Catherine kommt auf mich zu. „Wir würden gern anfangen", sagt sie in ihrem nüchternen Tonfall. Ihr rotes Haar glänzt im Licht, eine intensive Flamme, die mich darüber nachdenken lässt, wie ich als Rotschopf aussehen würde. In kurzer Zeit haben Catherine und ihr Team eine Kulisse im halben Laden erstellt, die wie ein Wald aussieht: Grün- und Brauntöne und verschiedene andere Farben, und die Models sehen sowohl mit meinen Outfits als auch mit dem ebenso zarten Make-up und ihren Frisuren wie Nymphen aus. Es sieht alles sehr hübsch aus, und während ich es betrachte, kann ich einfach nur stolz sein.

„Mit welchen Outfits würden Sie gern beginnen?"

Ich kann nicht anders als zu antworten: „Hat Johnny da keine Vorlieben?"

Caleb hat meine Bemerkung ganz offensichtlich gehört und sieht mich mit hochgezogener Augenbraue an. Ich erwidere den Blick einfach.

„Sie sind die Designerin", sagt er. „Ich bin in erster Linie hier, um Ihre Vision abzulichten, wenn Sie also irgendwelche Vorlieben haben …"

Sein Tonfall klingt ruhig und zuversichtlich – professionell – und ich spüre, wie die Anspannung aus meinem Körper weicht. „Danke." Ich winke zwei Models zu und gebe ihnen zu verstehen, dass sie anfangen sollen.

„Alle auf ihre Plätze!", ruft Caleb. Er hantiert mit seiner Kamera und macht ein paar Bilder von den ersten beiden Models.

„Ich will, dass dieses Shooting natürlich, zart und hübsch wird", sage ich. „Nichts, das zu ausgefallen ist, keine Posen, die von den Outfits selbst ablenken."

Die Models nicken und ich freue mich zu sehen, dass sie

professionell sind und meine vagen Anweisungen verstehen. Caleb beginnt mit den Aufnahmen, das Klicken des Auslösers ist für eine Weile das einzige Geräusch im Geschäft und ich hüpfe fast vor Aufregung.

Caleb sagt nichts zu mir; das ist okay für mich. Er scheint alles um sich herum völlig ausgeblendet zu haben und das muss ich einfach respektieren. Vorsichtig korrigiert er die Pose eines Models, geht näher heran und macht dann Aufnahmen aus größerer Entfernung.

Bevor ich weiter darüber nachdenken kann, ist er mit den ersten Aufnahmen fertig. Rebecca und Catherine stehen am Rand, sie sagen nichts, scheinen jedoch darauf zu vertrauen, dass Caleb weiß, was er tut. Ich habe bereits Arbeiten von Caleb gesehen und ich weiß, dass „Johnny" einer der besten in der Branche ist.

Während ich Caleb bei der Arbeit zuschaue, kommen mir diese verdammten Erinnerungen an gestern wieder in den Sinn, obwohl ich mir vorgenommen hatte, sie während des Fotoshootings im Zaum zu halten. Ich weiß, ich sollte nicht an Sex denken und an Caleb und an Sex mit Caleb, während ich eines der größten Fotoshootings meiner Karriere habe, doch ich kann nicht anders. Der Sex war fantastisch – und so denke ich nie über Sex. Sex ist entweder gut oder schlecht. Manchmal ist er richtig gut. Doch der Sex mit Caleb hat mich verändert. Jetzt werde ich immer alles damit vergleichen.

Ich schüttele die Erinnerungen ab. Ich muss mich konzentrieren. Ich kann nicht tagträumend in einer Ecke herumlungern wie ein liebeskranker Teenager. Das hält mich allerdings nicht davon ab, daran zu denken, wie er mich küsste, wie seine Hände meinen Körper hinabwanderten, wie er mir mein Höschen auszog und mich leckte.

Ich zittere.

Als könnte Caleb meine Gedanken lesen, wirft er mir über seine Schulter hinweg einen Blick zu, den ich nur als glühend heiß beschreiben kann. Ich kann nicht wegsehen. Meine Wangen werden rot und er grinst. Dann widmet er sich wieder seiner Arbeit und ignoriert mich wieder vollkommen.

„Er ist echt fantastisch, oder?" Tanya kommt mit einem Maßband um ihren Hals auf mich zu. „Ich kann immer noch nicht glauben, dass wir ihn als Fotografen gewinnen konnten."

„Ja, ich kann es auch nicht glauben."

Tanya sagt nichts, doch ich spüre ihren Blick auf mir.

„Was?"

„Nichts. Es schien nur so, als würdet ihr euch bereits kennen. Er sieht dich immer wieder an."

Mein Körper bebt. Ich darf mich nicht so über Tanyas Worte freuen, tue es aber dennoch. „Wir haben uns gestern kurz im Flieger kennengelernt."

„Ach wirklich?"

Ich funkele sie an. „Ja, wirklich. Wir saßen nebeneinander, aber das war's."

Lügnerin, Lügnerin, Lügnerin!

„Und dir ist nicht in den Sinn gekommen, das mir gegenüber zu erwähnen?"

Ich zucke mit den Schultern. „Mir war zu dem Zeitpunkt nicht klar, dass er unser Fotograf ist. Es war keine große Sache." Jetzt lüge ich wie gedruckt, und ich bin mir sicher, dass Tanya meine Fassade genau durchschaut.

„Also, du musst mir alles darüber erzählen, wenn wir hier fertig sind. Ich kann mir nicht vorstellen, dass *nichts* passiert ist. Er ist eine Legende in der Modewelt – aus verschiedenen Gründen."

Ich schnaufe verächtlich. „Ja, und was für eine Legende er ist."

Tanya und ich beenden unser Gespräch und sehen Caleb und Rebecca dabei zu, wie sie die Fotos auf seinem Laptop durchgehen. Ich bin ein bisschen sauer auf sie, dass sie sie ohne mich ansehen, also sorge ich dafür, dass sie mich bemerken, als ich zu ihnen gehe.

„Oh, Heather, da sind Sie ja. Johnny möchte immer sicherstellen, dass das Fotoshooting in die richtige Richtung geht, bevor er fortfährt. Was halten Sie von diesen Bildern?" Rebecca zeigt auf die Fotos auf dem Computerbildschirm.

Ich konzentriere mich auf die Fotos anstatt auf Calebs verführerischen Duft neben mir. Die Fotos sind wundervoll und genau so, wie ich sie mir vorgestellt hatte. Ich zeige auf eines ganz links. „Das liebe ich."

Rebecca stimmt mir zu, doch Caleb sagt nichts dazu.

„Diese Fotos gefallen mir am besten", sage ich und zeige auf zwei andere Bilder. „Sie geben den Eindruck, den ich mit der Kollektion erwecken wollte, perfekt wieder."

Caleb gibt einen Laut von sich. Als ich ihn fragend ansehe, zuckt er mit den Schultern. „Sie sind ganz nett", gibt er zu, „aber irgendwie langweilig."

Ich bebe vor Entrüstung, doch Rebecca ergreift vor mir das Wort. „Was meinst du damit?"

„Sie überschreiten keine Grenzen. Sie sind hübsch, aber das war's. Um ehrlich zu sein", sagt er, während er mich ansieht, „können wir das viel besser."

KAPITEL ACHT

Caleb

Es ist ein Desaster. Den einen Augenblick muss ich mich zurückhalten, um Heather nicht auf die Brüste zu starren. Dieselben
Brüste, die ich gestern mit den Händen und dem Mund verwöhnt
habe ...

Und im nächsten teile ich ihr meine vollkommen unvoreinge-
nommene und ehrliche Meinung darüber mit, wie das Shooting
läuft, und Heather bringt mich mit ihren Blicken fast um.

Sie hat gesagt, dass sie etwas Zurückhaltendes möchte.
Nichts, das zu ausgefallen ist. Doch als ich ihre Outfits sah, haben
sie mir kein ruhiges oder traditionelles oder sicheres Gefühl
vermittelt. Ihre Outfits sind klassisch, doch sie haben Charakter,
der meiner Meinung nach gut von etwas Gewagtem unterstri-
chen werden würde – etwas Künstlerischem, Avantgardisti-
schem. Vielleicht sogar von etwas Seltsamem.

„Ich habe Ihnen gesagt, dass mir die Bilder sehr gefallen.
Haben Sie nicht selbst gesagt, Sie seien hier, um *meine* Vision
abzulichten?"

„Das habe ich gesagt. Und es stimmt. Aber falls nötig, ist es auch meine Aufgabe, Sie zu ermutigen, Ihre Vision zu ändern, wenn ich der Meinung bin, dass etwas anderes besser funktionieren würde."

Heather schnauft. „Weil Sie sich innerhalb der letzten Stunde so ausgiebig mit meinen Outfits auseinandergesetzt haben?" Sie hat die Hände in die Hüften gestemmt.

Ich will sie auf die Palme bringen. Ich grinse und beuge mich zu ihr vor. „Das Problem ist nicht, dass mir Ihre Kollektion nicht vertraut ist. Ich lerne schnell und genauso schnell weiß ich, was für mich passt und was nicht."

Ihr Blick ist tödlich, als ob sie wüsste, dass ich darauf anspiele, wie gut wir beide gestern zusammengepasst haben, aber ich fahre fort. „Hören Sie, die Fotos sind gut – sogar toll – aber sie könnten besser sein. Ich will mich nicht mit weniger als fantastisch zufriedengeben und das sollte hier auch sonst niemand." Ich deute insbesondere auf die Posen der Models. „Wir haben „zurückhaltend" definitiv getroffen, aber ist das wirklich das, was wir wollen?"

„Ja, ist es."

„Okay, aber warum?"

„Weil ich wollte, dass meine Outfits genauso aussehen und sich anfühlen. Es entspricht meiner Vision." Sie sieht mich böse an. „Ist das so schwer zu verstehen?"

„Ich sage nicht, dass das keinen Sinn ergibt. Ich sage, warum reizen wir die Sache nicht etwas mehr aus?"

Rebecca gibt einen Laut von sich und wir zucken beide zusammen, als hätten wir vergessen, dass sie da ist; um ehrlich zu sein, hatte ich das tatsächlich. „Was schlägst du vor?", fragt Rebecca.

„Tja, ich denke, wir könnten interessantere Posen und Gesichtsausdrücke nutzen. Vielleicht sogar das Set ein wenig verändern. Ich denke, wir könnten die zarten Designs den kraftvollen, selbstbewussteren Posen der Models gegenüberstellen.

Das würde ein interessanteres und besser durchdachtes Shooting erzeugen."

„Wie können Sie behaupten, dass es nicht bereits interessant und durchdacht ist?", erwidert Heather.

Ich versuche, einen ruhigen Tonfall zu bewahren, doch mittlerweile bin ich verärgert. Ich weiß, dass sie sauer auf mich ist, doch meine Arbeit schwieriger zu machen, wird auch nicht helfen.

„Weil es das nicht ist." Ich deute auf die Fotos. „Die Fotos sind gut, weil ich sie gemacht habe. Aber wollen wir einfach nur „gute" Fotos? Denn wenn das der Fall ist, können wir sie so lassen, aber ich glaube, sogar Sie wissen, dass wir sie verbessern könnten."

Ihre Lippen verziehen sich zu einer dünnen Linie und ich kann regelrecht spüren, wie sie mit den Hufen scharrt.

„Sehen Sie, im Moment machen wir gewissermaßen die Hochglanzversion eines JCPenney-Katalogs."

Sie bebt vor Wut und ich muss zugeben, dass sie hinreißend aussieht, wenn ihre Wangen sich röten und ihre Brust sich heftig hebt und senkt. Ich wünschte, ich könnte sie in diese Umkleidekabine zurückbringen und sie auf die beste Art und Weise beruhigen, die ich kenne.

Ich gehe einen Schritt auf sie zu und sage leise: „Lass es uns probieren, Heather." Meine Stimme klingt verführerisch. „Vertrau mir."

Ihre Augen weiten sich und sie wird erneut rot. Dasselbe hatte ich gestern auch gesagt. Kurz bevor ich sie in dieser Umkleidekabine gefickt habe – kurz bevor ich ihr einen explosiven Orgasmus beschert habe. Offensichtlich vertraut sie mir aber nicht, jedenfalls bei dieser Sache nicht, denn sie sieht mich immer noch zweifelnd an.

„Wie wäre es, wenn wir ausprobieren, was ich vorgeschlagen habe, und wenn du es hasst, machen wir es rückgängig. Deal?"

Sie sieht aus, als würde sie mich gern erwürgen, doch schließlich nickt sie kurz. Sie wirbelt herum und stolziert zu ihrer Assistentin zurück. Ich seufze.

„Okay, alle auf ihre Plätze." Ich erkläre den Models ihre neuen Posen und die neueren Entwicklungen. Sie sind nicht länger zarte Nymphen, sondern furchtlose Amazonen. Das Shooting wandelt sich direkt vor meinen Augen und ich kann meine Aufregung nicht unterdrücken.

Heather allerdings widerspricht dem ersten Versuch. „Die Mimik des Models überdeckt das Outfit vollkommen", sagt sie. „Ja, es ist interessant, aber so wird sich niemand die Kleidung ansehen. Sie werden sie ansehen." Sie wendet sich an das Model. „Das soll natürlich keine Beleidigung sein."

Das Model zuckt mit den Schultern. „Habe ich alles schon gehört."

Ich knirsche mit den Zähnen. „Okay, wie wäre es stattdessen mit dieser Pose?" Ich bewege die Arme des Models wie bei einer Puppe hin und her. „Würde das funktionieren?" Heather kneift die Augen nachdenklich zusammen. Schließlich geht sie nach vorn und bewegt den rechten Arm des Models ein Stück. „Hier. Versuch das."

Ich fange wieder an zu fotografieren und muss zugeben, dass ihre kleine Veränderung einen riesigen Unterschied macht. Das werde ich ihr allerdings nicht sagen.

Ich habe das Gefühl, dass wir Fortschritte machen, doch als wir uns den nächsten Models zuwenden, geht gewissermaßen alles den Bach runter. Heather ist mit der Frisur eines der Models unzufrieden, und als sie darauf besteht, sie neu stylen zu lassen, fauche ich sie an, dass wir für solche Veränderungen keine Zeit haben.

„Es wird nur eine Minute dauern", sagt sie mit einem entschlossenen Blick.

Ich nutze diese Gelegenheit, um mir ein Glas Wasser zu holen. Ich wünschte, ich könnte es mir über den Kopf schütten, um meine Wut abzukühlen. Wird Heather sich wegen jeder kleinen Sache querstellen, nur um mir eins auszuwischen?

„Sie ist auf jeden Fall genau", sagt Catherine und sieht mich über den Rand ihrer Brille hinweg an. „Ich glaube, sie könnte Rebecca mit ihrer pingeligen Art Konkurrenz machen."

Ich muss lachen. „Das kannst du laut sagen."

„Dasselbe könnte ich auch über dich sagen. Du bist nicht gerade jemand, der etwas ändert, wenn er es nicht will."

Ich zucke mit den Schultern. „Ich kenne mich aus mit der Kunst und ich werde die nicht aufs Spiel setzen."

„Tja, das restliche Shooting wird zumindest interessant werden."

Endlich sind die Haare des Models erledigt und wir können anfangen. Die Posen sind eine Mischung aus meinen und Heathers Vorschlägen und das scheint zu klappen. Heather steht allerdings an der Seite und zieht die ganze Zeit ein Gesicht.

Ich höre auf zu knipsen. „Was ist jetzt wieder los?"

„Es sieht einfach nicht richtig aus." Sie neigt ihren Kopf von einer Seite zur anderen und versucht herauszufinden, was genau nicht richtig aussieht. „Ich weiß einfach nicht, woran es liegt."

„Wie wäre es, wenn wir dieses Set beenden, dann können wir für das nächste jedes kleine Detail verändern, okay?"

Ich sehe, dass sie sich von meinem Tonfall provoziert fühlt. Mittlerweile *will* ich sie ärgern. Sie geht mir auf die Nerven und ich will einfach nur in Ruhe meinen Job machen. Sie zitternd und so rot zu sehen, führt natürlich nur dazu, dass ich daran denke, wie sie gestern zitternd und errötet in meinen Armen lag, und zu meinem Ärger wird mein Schwanz dabei augenblicklich steif.

Heather kommt auf mich zu und deutet mit dem Finger auf meine Brust. Ich weiß, dass uns alle ansehen, aber wenn es ihr egal ist, ist es mir das auch.

Dann nimmt sie mich am Arm. „Komm mit."

Ich ziehe meinen Arm weg, aber nur, damit ich meine Kamera

ablegen kann. „Wir sind gleich wieder da", sage ich zur Crew. Ich sehe, dass Rebecca uns mustert.

Heather bringt mich in ein Hinterzimmer und schließt mit kaum unterdrücktem Zorn die Tür. „Was zum Teufel ist dein Problem?", faucht sie.

„Mein Problem? Was ist deins? Du kannst dich da draußen einfach nicht entscheiden, verdammt. Ich werde keine weiteren Fotos machen, wenn du weiterhin jedes kleine Detail änderst, nur weil du wegen dem, was zwischen uns passiert ist, sauer bist."

„Das ist nicht der Grund, warum ich etwas ändere!"

„Ach wirklich?" Ich gehe auf sie zu und dränge sie in eine Ecke. „Du machst es also nur, um zu helfen? Das bezweifele ich stark."

Sie sieht aus, als würde sie mir gern eine knallen. Sie erhebt sogar die Hand, doch ich halte ihr Handgelenk fest. Ich drücke sie in die Ecke, jetzt berühren sich unsere Körper und ich lasse ihr Handgelenk nicht los.

„Sag mir, Heather, würdest du mir auch so dermaßen auf die Nerven gehen, wenn wir uns nicht kennengelernt hätten? Wenn ich dich nicht in einer öffentlichen Umkleidekabine gefickt hätte, bis du deine Schreie unterdrücken musstest? Sag es mir." Ich lasse ihr Handgelenk los, allerdings nur, um ihre Taille zu umfassen. „Ich glaube, es ist dir einfach peinlich, dass ich hier bin. Dass du mich tatsächlich wiedersehen und dich damit auseinandersetzen musst, was wir getan haben."

„Ich bin deswegen nicht sauer." Sie knurrt ihre Worte wie ein Wolf und ich muss lachen.

„Bist du dir da sicher, Süße?" Ich lasse meine Hand ihren Körper hinaufwandern und streife damit eine Brustwarze, die sich hart unter dem Stoff ihres Oberteils abzeichnet. „Ich denke schon, dass du etwas empfindest."

„Du bist furchtbar."

Ich zucke mit den Schultern. „Wenn ich so furchtbar wäre, hättest du dich gestern nicht von mir ficken lassen. Dann hättest du in meinen Armen keine Befriedigung gefunden. Das weiß ich und das weißt du. Wir beide wissen es." Ich küsse ihren Hals, so blass und geschmeidig, und dann beiße ich fest genug zu, um eine Spur zu hinterlassen.

„Caleb ..."

Ich drücke meinen eisenharten Schwanz gegen ihr Becken und sie japst. „Ich habe viel an dich gedacht. Ich wollte dich wiedersehen. Fühlst du dich jetzt besser oder schlechter deswegen?"

Sie schüttelt den Kopf. „Du lügst."

„Warum sollte ich lügen?" Ich presse meinen Schwanz härter an ihren Körper und fasse nach unten, um ihr Bein nach oben um meine Hüfte zu legen und sie für mich zu öffnen. „Ich habe unsere gemeinsame Zeit genossen. Ich will mehr. Und ich glaube, du auch."

Sie streitet es nicht ab. Wie könnte sie auch? Sie reibt sich regelrecht an mir und ich lache leise.

„Gott, Süße." Ich reibe mich ebenfalls an ihr. „Wenn da draußen nicht eine ganze Meute auf uns warten würde, würde ich dich auf der Stelle nochmal ficken. Zum Teufel, ich würde es trotzdem tun. Es interessiert mich nicht, ob uns alle hören, ob sie hören, wie du meinen Namen rufst."

Sie bebt. „Das würdest du nicht tun."

„Führe mich nicht in Versuchung." Ich lege meine Hand auf ihre Wange und küsse sie, obwohl ich weiß, dass ich es nicht sollte. Sie stöhnt meinen Namen und ich lecke ihren Mund und gebe ihr erneut zu verstehen, dass sie mir gehört. Ich habe sie in Besitz genommen und nehme mir ihren Mund wie ein Eroberer.

Schließlich lasse ich sie los. Sie lässt sich gegen die Wand fallen.

„Ich werde dich wieder haben, Heather. Doch das ist etwas ganz anderes als das, was heute hier vor sich geht, und du musst mich meinen Job machen lassen."

Ihr Mund, wund und rot vom Küssen, verzieht sich zu einer

schmalen Linie. „Fick dich, Caleb. Johnny. Wer auch immer du bist." Sie stolziert aus dem Zimmer und sieht aus, als könnte sie mich heute Nacht ohne Reue vergiften.

Ich kann nicht anders als zu lächeln, während ich darüber nachdenke, wie ich ihren ganzen Zorn in dem Moment bündeln kann, wenn ich Heather Flint das nächste Mal ficken werde.

KAPITEL NEUN

Heather

Ich werde ihn umbringen. Ich werde ihn würgen und ihn dazu bringen, um sein Leben zu betteln, und dafür sorgen, dass er sich dafür entschuldigt, dass er mich auf die Palme und völlig aus dem Konzept bringt. Dieses arrogante, selbstgefällige Arschloch –

„Heather?" Tanya berührt mich am Arm. „Bist du okay? Wo ist Johnny?"

Ich wünschte, ich könnte ihr sagen, ich hätte ihn getötet und seine Leiche anschließend in einen Müllcontainer hinter dem Laden geworfen. Stattdessen zwinge ich mich zu lächeln.

„Er ist gleich soweit. Mir geht es gut, lass uns weitermachen."

Ich entferne mich von Tanya, bevor sie mir noch mehr Fragen stellen kann. Ich höre Caleb zurückkommen und ich bin mir sicher, dass er grinst.

Der hat vielleicht Nerven! So zu tun, als ob ich nach allem, was passiert ist, immer noch Sex mit ihm haben wollen würde! Ich habe noch nie einen Typen kennengelernt, den ich mehr hasste. Er ist mieser als mies. Mieser als eine Kakerlake. Kakerlaken sind immerhin irgendwie nützlich. Caleb Johnson hat überhaupt keinen Nutzen, abgesehen davon, mich in den Wahnsinn zu treiben.

„Lasst uns loslegen", sage ich zu niemand Bestimmtem. Ich bete zu jedem Gott, der vielleicht gerade zuhört, dass Rebecca Harris nicht mitbekommt, dass ich zittere und rot im Gesicht bin.

„Ich bin so weit, wenn du es bist", säuselt Caleb hinter mir.

Ich drehe mich mit geballten Fäusten um. Anstatt ihm die schnippische Antwort zu geben, die ich für ihn parat habe, sage ich zu den beiden Models hinter ihm: „Macht euch bitte bereit, ihr beiden."

Das Shooting geht weiter, als hätte es keine Unterbrechung gegeben. Obwohl ich winzige Details sehe, die ich gern ändern würde, beschließe ich, es erst einmal gut sein zu lassen. Caleb ist wieder in seinem Fotografenmodus, und als ich anfange, mich zu beruhigen, schaffe ich es, seine Vision deutlicher zu sehen. Ich gebe zu, dass er damit recht hatte, dass meine anfänglichen Vorstellungen ziemlich langweilig waren. Ich würde nicht so weit gehen zu behaupten, dass sie in einen JCPenney-Katalog gehören – diese Behauptung finde ich empörend –, aber während ich nun die Models betrachte, verstehe ich, warum er Änderungen für nötig hielt.

Wir beenden die nächste Einheit. Caleb gibt mir die Kamera, damit ich mir die Bilder anschauen kann. Als ich sie durchgehe, ebbt mein Ärger etwas ab. Ich muss zugeben, dass sie hinreißend sind. „Das sind schöne Fotos", sage ich. Ich versuche, eine Berührung unserer Finger zu vermeiden, als ich ihm die Kamera zurückgebe. Jede Berührung zwischen uns ist wie eine elektrische Strömung, auch wenn ich ihn immer noch am liebsten erwürgen würde.

Caleb lächelt gequält. „Ich habe das Gefühl, dass da noch ein Aber kommt."

„Es ist einfach nicht das, was ich mir vorgestellt hatte." Aus irgendeinem Grund ist es mir wichtig, dass er versteht, was es für mich bedeutet, ihm hier die Führung zu überlassen. Etwas zu ändern, das mir so wichtig ist wie die Art und Weise, wie meine Kollektion der Welt präsentiert wird.

Er zuckt mit den Schultern. „Vielleicht brauchte deine Vision eine Veränderung."

Mann, hatten wir diese Unterhaltung nicht schon? Warum kapiert er es nicht?

Ich spüre, wie sich die Kopfschmerzen in meinen Schläfen anbahnen. „Hör zu, ich weiß, dass du ein toller Fotograf bist, aber das sind meine Designs. Meine Kleider, meine Accessoires. Ich kenne sie in- und auswendig. Du fotografierst sie einfach nur."

Ich kann sehen, wie er sich sträubt. Ich sollte ihn vermutlich nicht erneut provozieren, aber wenn es um diesen Mann geht, fehlt mir offensichtlich jegliche Selbstbeherrschung.

„Wenn du einfach irgendeinen Kerl mit Kamera wolltest, hättest du einen Typen von Craigslist anheuern sollen", sagt er leise.

„Ich stelle dein Talent nicht infrage. Ich sage einfach nur, dass deine Vorstellungen vielleicht nicht zu meinen passen."

„Und ich denke, dass du dich ohne Grund stur stellst."

Ich gebe einen genervten Laut von mir. Ich will ihm eine runterhauen! Ich wünschte, vorhin hätte ich es getan. „Versuchst du *schon wieder*, ein Arschloch zu sein?", frage ich. „Denn falls ja, dann hast du Erfolg damit."

„Dass ich recht habe, macht mich nicht zu einem Arschloch." Er zeigt mir noch einmal die Fotos. „Das ist Kunst. So sollte diese Fotostrecke aussehen. So etwas wird in einem Magazin wie *Bella* abgedruckt. Keine Schnappschüsse, die mein Dad mit geschlossenen Augen machen könnte."

„Okay, jetzt benimmst du dich wirklich wie ein Arschloch."

Er reibt sich über die Stirn. „Sieh mal, Heather." Er kommt einen Schritt auf mich zu und plötzlich wird mir übermäßig bewusst, wie groß und muskulös er ist. Wie sein Haar sich in seinem Nacken kräuselt, wie sein Kinn von Stoppeln überzogen ist. Wie seine Hände gestern meinen ganzen Körper erforscht haben. *Gott, bist du schön*, hallt seine Stimme in meinem Kopf.

„Ich glaube, du musst einfach loslassen", sagt er schließlich. Ich weiß, dass du es kannst. Gestern hast du es gemacht."

Seine Stimme ist weich wie Seide. Ich zittere wieder wie ein Blatt im Wind. Mein Kopf schmerzt, aber mein Herz ebenso, weil ich nicht weiß, was ich für diesen Mann empfinde. In dem einen Augenblick will ich ihn küssen, im nächsten will ich ihn schütteln.

„Dann lass uns weitermachen", sage ich und wende mich ab, bevor ich seinen triumphierenden Gesichtsausdruck sehen muss.

Es kommt mir vor wie eine Ewigkeit, doch schließlich ist das Shooting vorbei. Ich danke allen Models und schüttele jeder von ihnen die Hand, und Tanya sowie das restliche Team scheucht sie davon, damit sie sich umziehen. Rebecca und Catherine sind gerade in ein angeregtes Gespräch miteinander verwickelt. Ich hoffe, es geht nicht darum, dass sie denken, die Designerin habe vollkommen den Verstand verloren.

„Hier." Mir wird wieder eine Kamera vor die Nase gehalten und einen Moment lang kann mein Gehirn damit nichts anfangen. Ich blicke zu Caleb. Er hebt lediglich die Augenbraue.

„Hier, sieh dir an, wie die letzte Einheit geworden ist", fügt er hinzu.

Ich nehme die Kamera. Mein Herz hämmert und mir ist schlecht. Was, wenn ich meinen Standpunkt deutlicher hätte machen sollen? Was, wenn die Fotos insgesamt absolut nicht so sind, wie ich sie mir vorgestellt hatte? Die Vorstellung, dass meine Designs ruiniert sein könnten, treibt meine Angst auf die Spitze.

Langsam gehe ich die Fotos durch und betrachte sie ganz genau. Meine anfängliche Angst nimmt langsam ab, während ich sie mir eines nach dem anderen ansehe. Meine Atmung beruhigt sich.

Mir wird schlagartig klar, dass sie sogar besser sind als die Fotos von vorhin. Diese Fotos sind wunderschön. Diese Fotos sind überragend.

Als ich aufblicke, kann ich an seinem Gesicht ablesen, dass er weiß, dass ich beeindruckt bin. Ich gebe die Kamera zurück.

„Sie sind toll."

Er hebt die Augenbraue. „Nur ,toll'? Wirklich? Es fällt mir schwer, das zu glauben."

„Ich habe gesagt, sie sind toll. Was willst du denn noch von mir?"

„Gott, bist du anstrengend. Willst du mir wirklich erzählen, dass du tief im Inneren nichts empfunden hast, als du diese Bilder angesehen hast? Dass sie dich nicht an einen anderen Ort transportiert haben?"

Ich beiße mir auf die Lippe, denn genau das habe ich empfunden. Ich zucke mit den Schultern. „Nicht jeder kann ein so brillanter Künstler sein wie du."

Er flucht leise. Als ich mich im Laden umsehe, bemerke ich, dass wir fast allein sind, da Rebecca und Catherine mit den Models nach hinten gegangen sind und die restliche Crew entweder draußen ist und das Equipment auflädt oder hinten den Models behilflich ist.

Ich spüre eine Berührung an meinem Arm und wirbele herum. „Fass mich nicht an!"

Caleb verdreht die Augen. „Hör auf, so zu tun, als wolltest du nicht, dass ich dich anfasse. Du bist vor ein paar Stunden dahingeschmolzen, als ich dich dort hinten geküsst habe." Er kommt näher und ich spüre seinen Atem auf meinem Gesicht. „Ich wette, wenn ich in dein Höschen fassen würde, wärst du nass für mich."

Ich japse. „Du hast vielleicht –"

„Reg dich nicht so auf. Ich kenne deine Spielchen bereits."

„Ich spiele keine Spielchen!"

„Doch, tust du, selbst wenn dir das nicht bewusst ist. Du stellst dich stur, weil du nicht zugeben willst, dass du falsch liegen könntest. Du würdest lieber glauben, dass alles, was du tust, hervorragend ist." Er reibt mir mit seinem Daumen über die Unterlippe. „Es gibt Neuigkeiten, Süße: So funktioniert die Welt nicht."

„Du bist der arroganteste –"

„Das hast du bereits gesagt."

„– Kerl und ich will dich nie wiedersehen. *Niemals.*"

Ich atme schnell und Caleb sieht auf einmal so sauer aus, wie ich mich fühle. Wie konnte ich jemals glauben, mich zu ihm hingezogen zu fühlen? Ich hasse ihn!

„Abgesehen davon, was ich vorhin gesagt habe, beruht mittlerweile auf Gegenseitigkeit, Süße. Ich habe kein Interesse daran, mir von einer Frau in die Eier treten zu lassen, wenn ich viele haben könnte, die etwas viel Angenehmeres damit machen würden."

Ich höre jemanden kommen, deshalb verkneife ich mir meine Antwort. Caleb geht davon, und obwohl ich mich deswegen schlecht fühle, weiß ich, dass es so besser ist. Wir würden ein schreckliches Paar abgeben: wenn wir uns nicht gerade in Umkleidekabinen schleichen, um rumzumachen, streiten wir uns offenbar nur. Außerdem weiß ich, was passiert, wenn man sich auf jemanden einlässt, während man versucht, die Karriere voranzutreiben. Man muss sich am Ende für eines von beidem entscheiden. Aus genau diesem Grund hat Bo mich verlassen und gemeint, ich könne nur entweder ihn oder meine Karriere haben.

Selbstverständlich habe ich mich für meine Karriere entschieden.

Und wenn man noch die Tatsache hinzuzieht, dass Caleb ein totaler Playboy mit einem riesigen Frauenverschleiß ist? Einer, der jeden einzelnen Tag mit Models arbeitet? Nein, ich mache mir keine Illusionen darüber, dass das, was gestern geschehen ist, eine einmalige Sache war. Ich werde deswegen nicht heulen, obwohl ich das Gefühl habe, dass es mir das Herz bricht, als mir klar wird, dass ich ihn wahrscheinlich nie wiedersehen werde.

„Also, das lief sehr gut, finde ich." Tanya schaut mich an.

Ich will gerade wirklich nicht mit meiner Assistentin, die auch meine Freundin ist, reden. „Ich schätze schon", sage ich leise.

„Auch, wenn du und Johnny euch fast gegenseitig umgebracht habt."

„Er ist eine Nervensäge."

„Und abgesehen davon ziemlich lecker."

„Tanya, du bist mir keine große Hilfe."

Tanya grinst und ich muss mich zusammenreißen, damit ich sie nicht erwürge. Sie ist viel zu scharfsinnig. Hat hier sonst noch jemand die Anspannung zwischen Caleb und mir bemerkt? Gott, ich hoffe nicht.

„Du hast gesagt, ihr hättet euch auf dem Flug hierher kennengelernt", sagt sie beiläufig. „Aber meintest du mit ‚kennengelernt' eigentlich, dass ihr zusammen den Mile-High-Club genossen habt?"

Ich wirbele herum. „Tanya!" Jetzt werde ich rot, was noch offensichtlicher zeigt, dass ich schuldig bin.

Sie johlt. „Das hast du nicht! Heather Flint, erzähl mir sofort jede Einzelheit!"

Glücklicherweise sind immer noch Leute da, die alles zusammenpacken, und Rebecca Harris nimmt mich kurz zur Seite. Ich war noch nie so froh über eine Störung wie in diesem Moment.

Rebecca klärt mich über ein paar logistische Details auf, wann ich das fertige Projekt sehen kann und wie ich mit *Bella* in der Zwischenzeit in Kontakt bleibe. Ich weiß zu schätzen, was sie mir mitteilt, doch Caleb nutzt diesen Moment, um zu uns zu kommen.

„Rebecca, Catherine ist auf der Suche nach dir", sagt Caleb und sieht dabei ausschließlich mich an. „Sie hatte ein paar Fragen, bei denen ich ihr nicht weiterhelfen konnte."

Rebecca hebt eine Augenbraue, lässt uns allerdings erst einmal allein.

Caleb streckt die Hand aus. „Ich wollte einen Waffenstillstand vorschlagen", sagt er. „Ich denke, wir haben am Ende eine gute Show daraus gemacht, oder?"

Ich nehme seine Hand, obwohl ein Teil von mir sie gern angewidert wegschlagen würde. „Wenn du es als gute Show bezeichnest, die ganze Zeit zu streiten, dann stimme ich dir zu, ja."

„Wenn du mich nicht so sehr nerven würdest, dann fände ich uns urkomisch. Hat dir schon mal jemand gesagt, dass du in den Comedybereich einsteigen solltest?"

„Nein, da wärst du der Erste."

Er kneift die Augen zusammen, doch zu meinem Erstaunen präsentiert er mir ein Portfolio – *mein* Portfolio mit neuen Designs, wie mir schlagartig bewusst wird.

„Weißt du, ich habe gerade nach einem Stift gesucht, als mir das in die Hände fiel. Ich dachte mir: Würde Heather Flint ihre Designs einfach so offen herumliegen lassen? Wie sich herausstellte, würde sie das tun und hat es auch getan."

Ich versuche, mir das Portfolio zu schnappen, doch er hält es über seinen Kopf. Ich will ihn schlagen, so wütend bin ich.

„Gib sie zurück, die sind privat." Ich versuche heranzukommen, aber der dumme Kerl ist zu groß.

Er lacht. „Mach ruhig weiter, Süße, denn der Ausblick gefällt mir einfach zu gut."

Ich werde rot, als mir klar wird, dass er meine hüpfenden Brüste beobachtet, während ich herumspringe. Schwer atmend schaue ich ihn böse an. „Gib. Mir. Das. Portfolio."

„Das werde ich … aber das hat seinen Preis."

„Was willst du?"

„Ich will, dass du zugibst, dass die Fotos besser als nur gut sind. Sie sind fantastisch. Und ich hatte recht."

Ich knirsche mit den Zähnen. Wäre es eine schreckliche Idee, ihm jetzt mit dem Knie in die Eier zu treten? Ich ziehe es in Erwägung, doch als könnte er meine Gewaltfantasien erahnen, lässt Caleb das Portfolio sinken und weicht einen kleinen Schritt zurück. Ich versuche erneut, mir das Portfolio zu schnappen, und scheitere. Er grinst.

„Na schön", sage ich leise. „Du hattest recht. Die Fotos sind gut. Kann ich meine Designs jetzt wiederhaben?"

Er denkt nach, als er mir schließlich das Portfolio reicht. „Das war doch nicht so schwer, oder?"

„Ich hoffe, du fällst in einen Gully", sage ich feindselig.

Er lacht nur.

Ich blättere kurz die Designs durch, aus Angst, dass er sich aus irgendeinem Grund eins genommen haben könnte, doch sie sind alle da. Ich seufze erleichtert. Das sind Designs, die ich noch niemandem gezeigt habe. Ich arbeite noch daran und ich muss sagen, dass ich bisher enorm stolz darauf bin.

Caleb schaut auf die Zeichnungen. „Falls du dich dann besser fühlst", sagt er, „diese Designs sind ziemlich beeindruckend."

Ich blinzele überrascht zu ihm hoch. Hat er mir gerade ein Kompliment gemacht? „Sind sie das?"

„Sehr. Besonders das hier." Er blättert zu einem Abendkleid ganz hinten. „Das hat mir besonders gefallen. Es ist schlicht und trotzdem … imposant."

Mein Herz klopft, aber aus einem ganz anderen Grund. „Das wollte ich damit erreichen. Ich wollte etwas anderes als meine sonstigen Designs ausprobieren, aber es ist schwierig, sich *nicht* zu weit von dem zu entfernen, was sich bereits als gut erwiesen hat. Kleider wie dieses habe ich schon immer geliebt …" Ich werde plötzlich verlegen und verstumme. Interessiert sich Caleb wirklich für meine Designs?

Doch er sieht mich konzentriert an und wieder einmal überrascht mich nicht nur, wie gut er aussieht, sondern auch, wie intelligent er ist. Er kennt sich mit Kunst aus und weiß, wovon ich spreche. Bo hat meine Liebe zu Mode und Designs nie verstanden und er würde es als unsinnig abtun. Doch Caleb versteht es. Er sieht es als etwas Wichtiges an. Als mir das klar wird, bekomme ich Herzklopfen.

Wie wäre es, einen Mann in meinem Leben haben, der das so genau begreift?

Caleb öffnet den Mund, um etwas zu erwidern, doch ich höre Catherine rufen: „Caleb, wir gehen."

„Ich bin gleich da." Er blickt mich an und ich bin zwischen dem Bedürfnis, ihn zum Bleiben aufzufordern und ihn niemals wiedersehen zu wollen, hin- und hergerissen. Er sieht aus, als würde es ihm genauso gehen. Schließlich fährt er mit einem Finger über meine Wange und grinst. „Wir sehen uns, Süße. Versuch, auch ohne mich auf dem Teppich zu bleiben."

Ich schlage seine Hand weg und meine Wut auf ihn kehrt mit voller Wucht zurück. „Fahr zur Hölle, Caleb Johnson. Ich hoffe, ich muss dich niemals wiedersehen."

Er grinst einfach nur. „Versprich nichts, was du nicht halten kannst." Er wirft mir einen Luftkuss zu und geht, aufgeblasen wie immer.

Ich stehe mit geballten Fäusten und hochrotem Kopf da, als Tanya zurückkommt. Sie sieht mich von oben bis unten an, doch als sie mich gerade zum dritten Mal fragen will, was passiert ist, halte ich eine Hand hoch.

„Nicht jetzt, Tanya."

Ich höre meine Assistentin murmeln: „Wollte ich auch gar nicht", als ich ins Hinterzimmer stolziere.

KAPITEL ZEHN

Caleb

„Gute Neuigkeiten, ich habe dich hier in L.A. für einen anderen Kunden gebucht, deshalb habe ich deinen Flug geändert", teilt mir mein Agent Owen Kiss kurz vor Tagesanbruch mit. Ich bin jetzt seit über fünf Jahren bei der Kiss Talent Agentur und Owen ist einer der besten Agenten der Branche. Er und seine Brüder Declan und Hunter sind selbst richtige Prominente, sie repräsentieren von Football-Stars über Rocklegenden bis hin zu normalen kreativen Köpfen wie mich einfach alle. „Oh, und ich habe dir das Mietshaus am Sunset reserviert, weil es billiger ist als ein Hotel. Wir reden später."

Ich lege auf und lasse mich wieder ins Bett fallen. Ich wollte heute nach New York zurückfliegen, obwohl ein großer Teil von mir das eigentlich nicht wollte.

Ich schätze, meine Hoffnung hat sich erfüllt, was?

Ich seufze und brauche dringend einen Kaffee. Mein Körper ist immer noch auf die Uhrzeit der Ostküste eingestellt, und obwohl es hier erst sechs Uhr morgens ist, ist mein Körper davon überzeugt, dass es Zeit zu gehen ist. Ich beschließe, mir auf dem Weg zu meinem Meeting einen Kaffee zu holen, und checke aus dem Hotel aus, da ich heute Abend in das Mietshaus fahren werde, das mein Agent mir besorgt hat.

Die Sonne scheint hell und ich muss blinzeln, als ich hinausgehe. Ich bin so an die hohen Wolkenkratzer in New York gewöhnt, dass es sich irgendwie seltsam anfühlt, in L.A. zu sein. Andererseits ist es hier immer warm und fast immer sonnig, ich kann mich also nicht beklagen. Und Kalifornier sind viel entspannter als New Yorker. Sie lächeln sogar manchmal. Als ich das erste Mal hier war, konnte ich es nicht glauben.

Ich habe den ganzen Tag Meetings, doch trotz meiner Bemühungen kann ich nicht aufhören, an eine bestimmte Designerin zu denken – eine, die mich in den Wahnsinn treibt und die mir einen Ständer beschert, wenn ich nur an sie denke.

Heather Talina Flint, die nervigste, anstrengendste, hinreißendste Frau, die ich je kennengelernt habe. Ist es erst zwei Tage her, dass wir miteinander geschlafen haben? Ich war noch nie besonders anständig und hatte schon etliche Liebhaberinnen, doch ich kann mich nicht daran erinnern, wann ich das letzte Mal Sex an einem öffentlichen Ort wie einer Umkleidekabine hatte. Eigentlich ziehe ich Betten vor. Aber in Heathers Nähe zu sein, ihre Stimme zu hören, zu sehen, wie sie rot wird und sich über mich aufregt? Da konnte ich mich nicht zurückhalten. Und der Sex war heißer als alles, was ich in meinem Leben je erlebt habe.

Ich ziehe ein mürrisches Gesicht, obwohl ich gerade mit einem Kunden beim Mittagessen bin, und besagter Kunde fragt mich, ob mein Salat in Ordnung sei. Ich schüttele den Kopf und zwinge mich zu einem Lächeln.

Ich darf nicht zulassen, dass Heather Flint mir so unter die Haut geht. Es ist vorbei. Zum Teufel, es hatte ja noch nicht einmal angefangen. Wir hatten einen kleinen Flirt, es war heiß, ich habe ihre Outfits fotografiert und das war's. Sollte ich sie wiedersehen, wird das in einer vollkommen professionellen Umgebung geschehen.

Ein paar Tage später habe ich die entwickelten Bilder von Heathers Shooting und ich muss sagen, sie sind locker meine bisher besten Arbeiten. Ich schicke die Fotos an Heather, Rebecca und andere Mitarbeiter von *Bella* und erwarte mehr oder weniger, dass sie derselben Meinung sein werden wie ich. Wer könnte in solchen Kunstwerken einen Fehler finden? Wieder einmal bin ich froh darüber, dass ich mich durchgesetzt und Heather das Feld nicht allein überlassen habe. Da hätten wir am Ende lustlose Fotos gehabt, an die sich nach dem Durchblättern der *Bella* niemand mehr erinnert hätte.

Es ist schon fast Abend, obwohl die Sonne erst in ein paar Stunden untergehen wird. Ich sitze in meinem Mietshaus am Sunset Boulevard und gehe hinaus auf den Balkon, um mir die Lichter von L.A. anzusehen. Es ist immer noch warm und der Geruch des Meeres liegt in der Luft. Der Wind hat an Stärke zugenommen und ich beobachte die Palmen, die sich in einiger Entfernung wiegen.

Da höre ich es an meiner Tür klingeln. Ich runzele die Stirn und gehe hinunter, um zu öffnen. Ich habe heute Abend niemanden erwartet.

Als ich die Tür öffne, will ich der Person davor gerade sagen, dass ich kein Interesse an dem habe, was sie verkaufen will, als mir klar wird, dass da kein Vertreter an der Tür ist. Es ist Fiona Taylor, Modedesignerin der Extraklasse.

Oh, und eine der vielen Frauen, mit denen ich im Laufe der Jahre geschlafen habe.

Fiona ist durchschnittlich groß, spindeldürr und hat wasserstoffblonde Haare, die ihr lockig auf die Schultern fallen. Sie trägt ihren hellroten Lippenstift, wie immer, und ihr Outfit ist tadellos. Sie umarmt mich, riecht nach Orchideen. Aus ihrer Tasche ist ein Winseln zu hören.

„Johnny, ich freue mich so, dich zu sehen." Sie kommt ungefragt herein, was zu erwarten war. Fiona wartet nie darauf, dass irgendwer sie hereinbittet. Sie macht einfach, was ihr gefällt. Ihre Tasche winselt erneut und sie redet beschwichtigend auf etwas ein, das nur ein winzig kleiner Hund sein kann.

„Fiona, was machst du hier?" Ich seufze innerlich. Fiona ist schön und kultiviert und brillant – und absolut nervtötend. Sie ist außerdem fordernd und nicht ganz dicht, und nachdem ich einmal mit ihr geschlafen hatte, wurde mir klar, dass sie das Drama, das sie überall mit sich bringt, nicht wert ist.

„Ich habe gehört, dass du in L.A. bist und ein Shooting für *Bella* machst, also dachte ich mir, ich komme mal vorbei. Owen wollte mir nicht sagen, wo du wohnst, aber ich wusste noch, dass Kiss Talent dieses Haus schon vor einer Weile genutzt hat, bevor ich die Agentur gewechselt habe."

Richtig. Sie meint, bevor Owen sie rausgeschmissen hat, weil es so schwierig ist, mit ihr zu arbeiten.

Sie stellt sich auf die Zehenspitzen, um mich auf die Wange zu küssen. „Du hättest mir erzählen sollen, dass du herkommst, du böser Junge." Sie öffnet ihre Tasche und lässt einen Chihuahua heraus, der mich anbellt und meine Füße anknurrt. „Oh Bertie, böser Hund! Nicht bellen!"

Der Hund bellt nur noch lauter. Der hohe Ton lässt mich zusammenzucken.

„Hättest du gern etwas zu trinken? Ich habe Wein." Ich gehe in die Küche und weiß, dass sie mir folgen wird.

„Hast du irgendetwas mit weniger Kalorien? Ich versuche, auf meine Linie zu achten." Sie schmollt und schiebt ihre pralle Unterlippe vor, die schon einige Injektionen hinter sich hat. „Alkohol ist voll von nutzlosen Kalorien, weißt du."

Ich schenke mir ein Glas Rotwein ein. „Ich glaube nicht, dass ich Alkohol jemals als nutzlos bezeichnen würde."

Sie kichert. Bertie, der Hund, rennt um unsere Füße herum, bevor er sein Bein an der Kücheninsel hebt. Glücklicherweise nimmt Fiona den Hund hoch, bevor er alles vollpinkeln kann.

„Was für ein ungezogener Hund!" Sie lacht, als Bertie wieder zu knurren beginnt, als ich zu nahe komme.

„Was willst du hier, Fiona?" Ich weiß, dass sie so tun wird, als wäre sie einfach in der Nähe gewesen und hätte beschlossen, vorbeizukommen, wenn ich sie nicht direkt frage. Was Blödsinn ist, weil ich ganz genau weiß, dass sie ein Anwesen in Malibu hat und nirgends in der Nähe vom Sunset.

Sie zieht ein trauriges Gesicht. „Habe ich dir schon einmal gesagt, dass du sehr schlechte Manieren hast, Johnny?"

„Ich bin aus New York", sage ich trocken.

„Das bedeutet nicht, dass du mir solche Fragen stellen darfst. Als ob ich etwas von dir wollen würde!" Sie beugt sich zu mir vor und lässt einen Finger an meiner Brust hinabgleiten. „Kann ein Mädchen nicht einfach vorbeikommen, um einen alten Freund zu besuchen?"

Ich ergreife ihre wandernde Hand, denn sie bewegt sich mit alarmierender Geschwindigkeit Richtung Süden. Ich bin einmal mit Fiona im Bett gelandet, doch ich werde es nicht noch einmal tun. Ich halte meinen Schwanz lieber weit entfernt von Haien.

„Wir wissen beide, dass du nie einfach nur vorbeikommst, um jemanden zu sehen. Entweder bist du aus einem bestimmten Grund hier oder dir ist langweilig. Oder beides." Ich trinke meinen Wein. „Also, was ist los?"

Bertie bellt und Fiona setzt ihn vor ihren Füßen ab. „Ich dachte einfach, da du in der Stadt bist – und du weißt, dass du nie in L.A. bist, Liebling –, könnte ich ein wenig … Inspiration vertragen. Das könnten wir beide." Sie lächelt dieses Lächeln, das schon zahlreiche Männer verführt hat, mich eingeschlossen. Glücklicherweise bin ich jetzt dagegen immun.

Das hält Fiona allerdings nicht auf. Sie kommt näher an mich heran und presst ihren Körper so eng an meinen, dass ich ihre Brüste und jede Kurve ihres Körpers spüren kann. Wenn ich meine Hände nur ein paar Zentimeter bewegen würde, könnte ich ihren Hintern packen. Sie hat einen fantastischen Arsch, das muss ich zugeben.

Doch Fionas Arsch hat gegen einen anderen Arsch keine Chance – und gegen den Körper und das Lächeln und die Frau –, an den ich die ganze Zeit denken muss. Heathers Lächeln erscheint vor meinem geistigen Auge und plötzlich widern mich ihr Geruch und ihre Anwesenheit an. Sie ist eingebildet. Ich will ihr nicht zuhören, will ihre hauchende Stimme nicht hören und auch nicht ihre Nägel an meiner Brust spüren wie die Krallen eines sexsüchtigen Kätzchens.

„Oh, Fiona", sage ich, „wir wissen beide, was du mit Inspiration meinst." Ich nehme ihre Hände von meiner Brust und gehe zurück. „Und das ist nicht die Art von Inspiration, an der ich Interesse habe."

Ihre Augen blitzen auf. Das Sexkätzchen verschwindet und an seine Stelle tritt die Frau, die immer alles bekommt, was sie will, und wehe dem, der versucht, sich ihr in den Weg zu stellen.

„Was ist mit dem Johnny passiert, den ich einst kannte? Der, der charmant wäre und mit mir flirten würde?" Sie schmollt. „Ich vermisse diesen Johnny."

„Dieser Johnny hat bemerkt, dass es im Leben mehr gibt als nur mit allem zu schlafen, was nicht bei drei auf den Bäumen ist."

Sie runzelt die Stirn, denn sie weiß, dass ich sie meine. Sie tritt nicht von mir zurück, aber sie versucht auch nicht, sich wieder an mich heranzumachen. Stattdessen nimmt sie Bertie hoch und streichelt seinen winzigen dreieckigen Kopf.

„Ich habe gehört, dass du in der Stadt bist, um mit Rebecca zu arbeiten. Wie ist es gelaufen?" Sie sieht mich unter ihren Wimpern heraus an, als würde ich ihr glauben, dass sie nicht versucht, an Informationen zu kommen.

Aber ich weiß auch, dass Fiona nicht gehen wird, bevor ich ihr etwas präsentiere, also seufze ich und erwidere: „Ich habe letzte Woche ein Shooting beendet. Hast du schon mal von *Talina Designs & Boutique* gehört?"

„Kommt mir bekannt vor."

„Bella hat sie für eine Fotostrecke verpflichtet und ich war der Glückliche, der die Fotos machen durfte." Der Sarkasmus in meiner Stimme kam deutlich durch, obwohl ich das nicht beabsichtigt hatte.

Fiona hebt eine perfekt gezupfte Augenbraue. „Hast du ein paar Schwierigkeiten mit der Designerin?" Sie schnalzt mit der Zunge. „Das sieht dir auch nicht ähnlich. Ich meine, wie viele Designerinnen hast du im Handumdrehen um den Finger gewickelt?" Sie klimpert mit ihren Wimpern. „Mich eingeschlossen."

„Und trotzdem erinnere ich mich, dass du dich geweigert hast, mich jemals wieder Fotos für dich machen zu lassen." Ich sehe sie mit gehobener Augenbraue an. Als ich das letzte Mal mit Fiona gearbeitet habe, hat sie sich über ein paar kleine Änderungen, die ich gemacht habe, dermaßen aufgeregt, dass sie einen ganzen Monat lang einen regelrechten Anfall hatte. Sie hinterließ mir so viele Nachrichten, dass meine gesamte Mailbox voll war, und drohte mir, dass ich niemals wieder in der Modebranche arbeiten würde, wenn ich ihr je wieder in die Quere käme.

Nachdem sie sich beruhigt hatte, haben wir uns vernünftig unterhalten, aber da wusste ich bereits, dass Fiona Taylor eine Frau ist, auf die ich mich nicht noch einmal einlassen würde.

„Du hast mich wütend gemacht. Außerdem ist das Schnee von gestern." Sie winkt ab. „Erzähl mir etwas über die Designerin. Ist sie hübsch?"

Ich denke an Heather, daran, wie schön sie ist, und schlucke. Ich darf nicht andeuten, dass Heather und ich in irgendeiner Weise etwas miteinander zu schaffen hatten. Fiona wird das irgendwie zu ihrem Vorteil nutzen. Ich nehme mein Weinglas, trinke einen Schluck und leere das ganze Glas. „Sie heißt Heather Flint. Sie ist ziemlich neu im Geschäft."

„Und ihre Designs?"

„Sie sind okay." Ich spiele absichtlich herunter, wie beeindruckt ich von Heathers Arbeit war, denn ich will Fionas Interesse nicht wecken. „Aber sie ist auch furchtbar stur und wir wären einander beim Shooting fast an die Gurgel gegangen."

„Interessant. Fiona streichelt Bertie weiter, der seitdem aufgehört hat zu knurren und mich stattdessen mit seinen dunklen Knopfaugen ansieht. „Ich muss nach dieser Heather Ausschau halten. Wenn sie Rebeccas Aufmerksamkeit erregt hat, dann muss sie Talent haben."

Ich verkneife mir meine instinktive Antwort – dass Fiona sich von Heather fernhalten sollte –, aber das würde Heather nur zur sicheren Zielscheibe machen.

„Also, es ist schon spät." Fiona nimmt ihre Tasche und setzt Bertie hinein. „Ich muss gehen, aber es war so schön, dich zu sehen, Johnny." Sie küsst mich auf die Wange. „Viel Glück mit allem."

Sie findet selbst zur Tür, was mir ganz recht ist.

Momentan ist in meinem Kopf nur Platz für eine Designerin – und das ist definitiv nicht Fiona Taylor.

KAPITEL ELF

Heather

Als ich die E-Mail von Caleb sehe, klopft mein Herz erwartungs-
voll. Ich sage mir, dass es nicht daran liegt, dass sie von *ihm* ist,
sondern weil sie die Fotos des Shootings enthält. Obwohl ich die
Rohfassung der Aufnahmen schon gesehen habe, sind diese hier
die offizielleren.

Ich fange an, mir die Fotos anzusehen, eins nach dem anderen. Da seit dem Shooting eine Woche vergangen ist, kann ich
mich nicht mehr an alle Einzelheiten der Bilder erinnern, die ich
gesehen habe. Als ich mir jedes einzelne ansehe, bin ich zwischen
zwei Emotionen hin- und hergerissen: Erstaunen über Calebs
Talent und Ärger, dass sie noch avantgardistischer sind, als ich
erwartet hatte.

Sie sind mittlerweile bearbeitet worden, sodass sie fast gar
nicht mehr danach aussehen, was ich mir von Anfang an vorgestellt hatte. Ich knirsche mit den Zähnen, während ich mir jedes
einzelne Foto ansehe, und mit jedem kocht mein Zorn weiter
hoch. Warum habe ich Caleb so die Führung überlassen? Es sind

meine Designs, nicht seine! Als ich schließlich alle durchgesehen habe, bin ich so wütend, dass ich erst einmal tief durchatmen muss. Ich kann Rebecca nicht anrufen und die Beherrschung verlieren.

Ich trinke ein Glas Wasser, setze mich einen Augenblick hin und zwinge die Wut aus meinem Körper. *Ruhig,* denke ich bei mir. *Ich bin ruhig, ich bin gefasst. Ich werde nicht ausflippen.* Denn genau das würde Caleb gern sehen. Ich glaube, es macht ihn an, mich aufzuregen.

Mein Kater, eine dicke, flauschige Perserkatze, springt auf meinen Schoß und fängt an, meine Schenkel zu massieren, während er schnurrt wie ein Motorboot. Ich streichele sein Fell, was hilft, mich zu beruhigen.

„Du bist immer die beste Medizin, McQueen", sage ich zu meiner Katze, die ich nach meinem Lieblingsdesigner benannt habe. „Warum können Menschen nicht mehr wie Katzen sein?"

McQueen schnurrt einfach noch lauter und rollt sich auf meinem Schoß zusammen, ein weißer Fellberg.

Ich rufe Rebecca an; sie hat mir bereits eine Nachricht hinterlassen, dass sie ein Meeting einberufen will, also kann ich es auch einfach hinter mich bringen. Ich sage ihr nicht, dass ich unzufrieden mit den Fotos bin, doch ich deute auf jeden Fall an, dass sie nicht ganz zu meiner Vision passen. Rebecca informiert mich, dass ihre Assistentin ein Meeting vereinbaren wird, an dem auch Johnny teilnimmt. Mein dummes Herz ist aufgeregt, wenn ich daran denke, Caleb wiederzusehen, doch ich verdränge die Aufregung. Ich werde nicht dort hingehen, um ihn anzuhimmeln.

Von da an wird der Tag nur noch beschissener. Bo ruft mich an, dass er vorbeikommen und einen Karton mit seinen DVDs und seinen alten Laufschuhen abholen will. Ich war versucht, sie wegzuwerfen, doch Bo würde mich wahrscheinlich umbringen, wenn ich seine gesamte *Stargate*-DVD-Sammlung wegschmeißen würde.

Am Nachmittag taucht Bo auf und ich tue mein Bestes, mich

nicht von ihm reizen zu lassen. Das ist allerdings schwer, als er ohne Anzuklopfen in mein Apartment kommt – unserer ehemals gemeinsamen Wohnung –, als würde er immer noch hier wohnen. McQueen läuft weg, als Bo hereinkommt, und ich kann nicht behaupten, dass ich es dem Kater besonders übel nehme.

Bo ist ein gutaussehender Typ mit dunklen Locken und einem eckigen Kiefer. Er trägt eine schwarze Hipsterbrille und hält Gap tatsächlich für Couture, doch ich muss mir widerwillig eingestehen, dass er gut aussieht.

„Schön, dich zu sehen, Heather", sagt er und umarmt mich. „Du siehst übrigens toll aus."

„Du siehst auch gut aus", sage ich, obwohl ich es nicht wirklich so meine. Um ehrlich zu sein, sieht er aus wie immer: groß, dünn, auf nerdmäßige Weise gutaussehend. Nicht so unbeschreiblich gutaussehend wie ein anderer Mann, dass mir das Herz stehenbleibt, ein Mann, an dessen Küsse ich ständig denken muss oder von dem ich träume oder den ich wiedersehen will, obwohl ich weiß, dass ich es vermutlich nicht sollte …

„Was treibst du so?" Bo setzt sich auf die Couch und ich seufze innerlich. Ich habe wirklich gerade kein Interesse daran zu plaudern.

„Ich arbeite nur. Bin immer beschäftigt, du weißt ja. Ich hatte letzte Woche ein Shooting, das in der *Bella* erscheinen wird." Ich kann mir nicht helfen, als das in einem erwartungsvollen Ton zu erzählen, als würde ich ihn herausfordern zu sagen, das sei keine große Sache. Sogar ein Typ wie Bo, der von Mode keine Ahnung hat, hat schon einmal von *Bella* gehört.

„Oh, wirklich? Das ist cool. Also kam jemand vorbei und hat deine Sachen fotografiert? Wird *Bella* deine Sachen auch verkaufen?"

„Es ist ein Magazin, Bo, kein Katalog. Aber das ist gute PR – fantastische PR. *Bella* ist das meistgelesene Modemagazin der Welt.

„Hm." Er tippt sich mit den Fingern auf sein Knie. „Tja, ich bin froh, dass du viel zu tun hast. Ich weiß, wie wichtig dir deine Karriere ist."

Ich knirsche mit den Zähnen. Natürlich muss er das ansprechen. Der Hauptgrund dafür, dass wir Schluss gemacht haben, ist der, dass Bo davon überzeugt war, ich könne nicht gleichzeitig eine Beziehung führen und Karriere machen. Zu seinem Entsetzen entschied ich mich für den Job und nicht für ihn. Jetzt bemerke ich, wie verbittert er klingt, wenn er über meinen Job spricht.

„Sie ist mir wichtig. Ich habe sehr hart gearbeitet, besonders im letzten Jahr. Die Möglichkeit zu bekommen, in der *Bella* zu erscheinen, ist ein wahrgewordener Traum."

Er nickt, doch ich sehe die Anspannung in seinem Kiefer. „Tja, ich bin froh, dass es bei dir gut läuft. Ich muss nach Hause. Eva sucht mich. Sie kocht heute Abend ein großes Abendessen für uns."

Ich ignoriere, wie er mit seiner neuen Freundin prahlt, die offensichtlich gern Hausfrau spielt. Ich gebe ihm seinen Karton mit den DVDs und Schuhen. „Hier sind deine ganzen Sachen drin."

Er sieht sich die Sachen nicht einmal an und ich frage mich erneut, warum er es überhaupt für nötig hielt, vorbeizukommen. Hätte ich ihm seine blöden DVDs nicht einfach schicken können?

„Also, wir sehen uns."

Als Bo endlich gegangen ist, lasse ich mich auf die Couch fallen. McQueen kommt aus seinem Versteck, um sich wieder auf meinen Schoß zu setzen. Ich streichele den Kater und kann nicht anders, als an Caleb zu denken.

Gott, warum bekomme ich ihn nicht aus dem Kopf? Ich wünschte, ich könnte so tun, als würde er mir nichts bedeuten, doch es geht nicht. Ich weiß nicht, was ich für ihn empfinde, doch er ist so oft in meinen Gedanken, dass es mir fast wie eine Krankheit vorkommt. Die Caleb-Krankheit.

Dass ich heute Bo gesehen habe, hat mich allerdings daran

erinnert, warum Caleb und ich niemals mehr als ein kleiner Flirt sein könnten. Ich bin für eine Beziehung und eine Karriere nicht geschaffen und ich werde meine Träume nicht aufgeben, um einem Mann nach New York zu folgen oder mich hinter seiner eigenen Karriere anzustellen.

Ich seufze. „Ich schätze, es bleiben also nur wir beide, was, McQueen?"

Meine Katze schnurrt einfach, vollkommen zufrieden mit der Situation.

„Oh Johnny, wie nett von dir, dass du dich uns anschließt", sagt Rebecca von der anderen Seite des Zimmers aus. Ich sehe auf, um Caleb anzuschauen, der genervt aussieht. Er hat zusammengebissene Zähne und sieht aus, als hätte er sich tagelang nicht rasiert.

„Tut mir leid, dass ich spät dran bin." Er setzt sich mir gegenüber und nimmt nicht einmal zur Kenntnis, dass ich da bin. Er klingt auch nicht annähernd so, als würde es ihm leid tun, dass er zu spät ist.

Vor diesem Meeting habe ich alles durchdacht und sogar aufgeschrieben, was ich in Bezug auf die Fotos sagen möchte. Im Moment bin ich ruhig und gefasst und trotz Calebs schlechter Laune fange ich an.

„Ich möchte noch einmal zum Ausdruck bringen, wie dankbar ich für die Gelegenheit bin, mit *Bella* zu arbeiten", sage ich zu allen am Tisch, einschließlich Rebecca, Catherine, Caleb und eine Handvoll des restlichen *Bella*-Teams. „Dass meine Designs in der *Bella* erscheinen, lässt einen Traum für mich wahr werden, doch als ich mir alle Fotos angesehen habe, hatte ich das Gefühl, dass sie nicht das sind, was ich mir vorgestellt hatte."

Rebeccas Blick ist scharf, doch ihre Stimme kühl, als sie fragt: „Was hatten Sie sich vorgestellt?"

„Tja, ich hatte mir ursprünglich etwas, na ja, weniger …

‚Merkwürdiges' vorgestellt. Ja, ich denke, das richtige Wort ist merkwürdig."

Als ich Calebs Empörung sehe, füge ich schnell hinzu: „Ich stimme Caleb – Johnny – zu, dass es nicht die beste Idee war, sich mit den Fotos ausschließlich auf die Zartheit der Designs zu konzentrieren, doch am Ende haben wir uns zu weit von meiner Vorstellung entfernt. Wenn ich ehrlich bin, repräsentiert das Shooting *Talina Designs* überhaupt nicht."

Caleb schnauft verächtlich und ich kralle den Stift in meiner Hand fest, damit ich ihn nicht in sein Gesicht schleudere. Rebecca wirft Caleb einen strengen Blick zu.

„Sie schienen am Ende des Shootings mit den Fotos zufrieden zu sein", sagt Rebecca schließlich. „Haben Sie Ihre Meinung geändert oder bekommen Sie kalte Füße? Mir ist bewusst, dass Designer manchmal Angst haben, sich aus ihrer Komfortzone zu bewegen, besonders beim ersten Shooting."

„Ja, erzähl uns bitte, was passiert ist", säuselt Caleb. „Denn ich komme bei dir absolut nicht mit. In der einen Sekunde bist du zufrieden, in der nächsten unzufrieden. Was denn nun? Ich bin launische Designer gewöhnt, aber das schlägt dem Fass den Boden aus."

Jetzt bin ich sauer. Ich lege meinen Stift hin, weil ich befürchte, ihn mit meinem eisernen Griff zu zerbrechen. Ich atme ein und denke an den blauen Himmel und den Strand. *Ich lasse mich von ihm nicht provozieren.*

„Es liegt nicht daran, dass ich kalte Füße bekomme oder launisch bin. Die Fotos beim Shooting waren eine Rohfassung; die Bearbeitung danach hat den gesamten Eindruck verändert." Jetzt sehe ich Caleb direkt an. „Selbst du als Fotograf musst mir da zustimmen."

Er will gerade etwas sagen, doch Rebecca kommt ihm zuvor. „Wenn ich das also richtig verstehe, geht es um die Bearbeitung, nicht die Fotos selbst. Das lässt sich sehr leicht beheben. Oder, Johnny?"

Caleb runzelt die Stirn, nickt aber schließlich kurz. „Aber was ist, wenn Heather beschließt, dass ihr auch die nächsten Fotos nicht gefallen?", fragt er und sieht mich finster an. „Werden wir sie dann immer und immer wieder neu bearbeiten, bis sie entscheidet, dass wir das ganze Shooting wiederholen sollen?"

Jetzt reicht es mir. Ich stehe auf und sage mit überraschend gleichgültiger Stimme: „Kann ich dich draußen sprechen, Caleb?"

Ich gebe ihm keine Chance zu antworten. Ich verlasse das Zimmer und entdecke gegenüber dem Konferenzraum ein leeres Büro, nachdem ich mich im Gang umgesehen habe.

„*Was* ist dein Problem?", will er wissen, als er die Tür hinter mir schließt.

Ich wirbele herum. „Mein Problem? Was ist deins? Ich versuche, meine Designs so gut wie möglich aussehen zu lassen, aber du nimmst das persönlich und weigerst dich, deinen Job zu machen!"

Er beißt die Zähne zusammen. „Wenn jemand meine Arbeit beleidigt, dann ja, werde ich mich weigern, meinen Job zu machen. Ich bin hier der Fotograf, nicht du."

„Und ich bin die Designerin! Du musst respektieren, dass ich meine Kollektion besser kenne als du!" Ich verschränke die Arme und atme hastig.

Seine Augen funkeln. Ich bin froh, ein Oberteil zu tragen, dass meinen Ausschnitt unterstreicht. Ich genieße den Gedanken, dass er mich immer noch will, es aber nie zugeben würde. Ich drücke meine Brüste mit den Armen ein Stück weiter hoch und kann sehen, dass er die Zähne noch fester zusammenbeißt.

Er kommt einen Schritt auf mich zu. Ich muss mich gegen den Schreibtisch lehnen, sonst würden wir uns fast berühren.

„Wirst du dich deswegen wirklich weiter sträuben?" Seine Stimme ist tief, fast ein Knurren. Ich frage mich, ob er noch über das Fotoshooting redet oder über uns. „Wirst du dich weiterhin grundlos stur stellen?"

„Das sagt der Richtige." Meine Stimme ist eher ein Hauchen.

Ich bin rot, meine Haut kribbelt und ich weiß, dass meine Nippel ganz hart sind und sich nach seiner Berührung sehnen. Ich verlagere meine Beine, doch er hat mich vollkommen gegen den Tisch gedrängt.

„Du treibst mich in den Wahnsinn." Er berührt mein Kinn und lässt einen Finger über meinen Hals streifen. „Ich weiß nicht, ob ich dich lieber erwürgen oder küssen will."

Ich schlucke. „Wie wäre es, wenn du eins davon ausprobierst und siehst, was passiert?"

Er kneift die Augen zusammen. Das ist die einzige Warnung, die ich bekomme, bevor er mich küsst.

KAPITEL ZWÖLF

Caleb

Das ist verrückt. Ich bin verrückt. Ich habe meinen verfluchten Verstand verloren, doch als ich Heather küsse, fliegen alle Gedanken daran, warum das eine schlechte Idee ist, zum Fenster hinaus. Sie schmeckt zu gut, verdammt, nach Erdbeeren. Und wenn sie ihr süßes kleines Stöhnen von sich gibt und ihre Arme um meinen Hals legt?

Ja, als ob ich jetzt aufhören würde.

Ich küsse sie und ramme meine Zunge in ihren Mund, weil ich will, dass sie weiß, dass ich hier die Kontrolle habe. Sie gehört *mir*. Sie wehrt sich nicht, sondern ergibt sich mir vollkommen. Es ist berauschend. Ich kann nicht genug von ihr bekommen. Sie ist wie eine Art Droge und ich kann nicht anders, ich brauche eine Dosis nach der anderen.

Meine Hände verlieren keine Zeit. Ich lasse sie über ihre Kurven wandern und bin froh, dass sie unter ihrer Bluse und ihrem Bleistiftrock nicht viel anhat. Meine Handfläche streift ihre Brustwarze und sie gibt einen kehligen Laut von sich. Ich muss lächeln.

Die Erinnerungen an den Sex mit ihr in der Umkleidekabine strömen auf mich ein. Mein Schwanz wird steinhart und pulsiert in meiner Jeans und ich muss meine ganze Kraft aufbringen, um nicht einfach in ihre samtige, warme Tiefe einzudringen. Ich sauge an ihrer Unterlippe und ihre Nägel vergraben sich in meinen Schultern. Der stechende Schmerz lässt mich zittern.

„Caleb …" Sie sagt meinen Namen wie ein Gebet. „Caleb, was tun wir?"

„Schh, wehre dich nicht dagegen." Ich will nicht darüber reden, was wir gerade tun oder was wir tun sollten oder was zum Teufel das hier überhaupt ist. Ich will nicht reden, ich will berühren. Ich will spielen und ihre nackte Haut unter meinen Fingerspitzen spüren. Ich knöpfe ihre Bluse auf und tauche unter den Stoff, um ihre Brüste zu umfassen. Sie trägt einen Satin-BH, doch ich spüre, wie ihre Brustwarze unter dem Stoff hart wird.

„Verdammt, du bist so heiß", murmele ich und küsse ihren Hals hinab. Ich kneife in ihre Brustwarze und entlocke ihr ein Wimmern. Ich brauche mehr. Zwischen uns sind zu viele Klamotten. Ich zerre ihre Bluse aus ihrem Rock und schiebe ihren BH nach oben. Es ist mir egal, dass ich im Büro eines Kunden bin – dass gleich auf der anderen Seite dieser Tür Rebecca Harris mit den Mitarbeitern ihres Magazins *Bella* in einem Konferenzzimmer sitzt und sich fragt, was zur Hölle wir machen.

Nichts davon interessiert mich. Ich interessiere mich nur dafür, Heathers üppige Brüste in meinen Mund zu bekommen, und sie bebt und stöhnt, lang und laut. Ich umkreise ihren Nippel mit der Zunge, doch die Position ist unangenehm. Mit einer fließenden Bewegung drehe ich sie um, damit ich auf dem Tisch sitzen kann, wodurch ihre schönen Brüste genau vor meiner Nase landen.

Perfekt.

„Caleb", haucht sie und fährt mit ihren Fingern durch meine Haare. Die Berührung lässt mich stöhnen, während ich gerade ihre andere Brustwarze in den Mund nehme. Ich atme ihren süßen Duft ein, umfasse ihre andere Brust und will, dass ihre Nippel rot werden und sich nach mir verzehren. Ich lasse den Nippel in meinem Mund los, puste ihn ein wenig an und beobachte, wie er noch härter wird.

Ich kann fühlen, dass Heather immer mehr zittert, beinahe unkontrolliert, und ich kann nicht anders, als mich zu fragen, ob ich sie so zum Kommen bringen kann, indem ich einfach mit ihren Brüsten spiele.

„Empfindlich?" Ich lecke die Unterseite ihrer Brust ab.

Sie packt meinen Kopf und nickt.

Ich wette, sie ist feucht – durchnässt. Ich schiebe ihren Rock über ihre Hüften und bin mehr als dankbar, dass sie darunter nur ein sehr dünnes Höschen trägt und sonst nichts. Als ich meine Hand auf ihre Muschi lege, spüre ich ihre Nässe an meiner Handfläche. Ich massiere sie über dem seidigen Stoff, während ich erneut an ihrer Brustwarze sauge und beobachte, wie ihr Körper zittert und die Röte von ihrer Brust bis in ihre Wangen aufsteigt.

Sie sieht hinreißend aus, ihre Augen sind glasig und ihr Haar fällt ihr über die Schultern. Ich schiebe ihr Höschen beiseite und tauche mit einem Finger in ihren Schoß ein. Ihre Nässe, die ich dort vorfinde, bringt uns beide zum Stöhnen. Sie tropft meine Hand regelrecht voll und mein Schwanz in meiner Jeans explodiert fast, so hart ist er. Ich denke darüber nach, sie auf den Tisch zu drücken und gleich hier und jetzt zu ficken, aber als sie wieder dieses süße kleine Wimmern von sich gibt, während ich ihre Klitoris streife, beschließe ich, noch ein bisschen länger mit ihr zu spielen.

„Süße, wunderschöne, sexy Heather. Ich wette, ich könnte dich einfach so zum Kommen bringen, mit meinem Mund an deinen Titten, während meine Finger mit deiner süßen Muschi spielen." Sie quietscht. „Deine kleine Klit ist vor Verlangen regelrecht geschwollen. Ich kann fühlen, wie sie um meine Aufmerksamkeit bettelt."

Sie sieht auf mich herab und ringt nach Luft. Ich halte Augenkontakt, während meine Finger in sie eintauchen, ihre Scheide schlingt sich um meine Finger, als könnte sie es nicht ertragen, sie gehen zu lassen. Mein Daumen umkreist nun ihre Klitoris und Heather japst. Ich fange an, sie zu reiben, suche nach dem einen perfekten Punkt, und als ich ihn treffe, krümmt sich ihr Körper. Sie beißt sich auf die Lippe, um nicht zu schreien.

„Da ist es ja", säusele ich. Ich kann nicht aufhören, sie zu beobachten. Sie sieht gerade absolut unbeschreiblich aus, während sie kurz davor ist, auf meiner Hand zu kommen. „Lass einfach los. Komm für mich, Süße."

Ich krümme meine Finger in ihrem Inneren, bis ich ihren G-Punkt gefunden habe, und fange an, ihre Klitoris heftig zu reiben. Jetzt zittert sie am ganzen Körper. Als ich erneut an einer ihrer Brustwarzen sauge, explodiert sie. Sie stöhnt tief, zitternd und zuckend und ihre Hände packen meine Schultern. Ich spiele weiter mit ihrer Klit und verlängere den Orgasmus so lange, wie ich kann.

Ich will, dass dies der fantastischste Orgasmus wird, den sie jemals hatte, denn dann wird sie mich niemals vergessen können. Sie wird sich selbst anfassen und dabei daran denken, dass ich sie so heftig zum Kommen gebracht habe, dass sie regelrecht vor meinen Füßen zusammengebrochen ist.

Schwer atmend lehnt sie sich an mich, ihre Gliedmaßen fühlen sich wahrscheinlich an wie Wackelpudding. Ich küsse sie und bin gerade dabei, meine Hose aufzuknöpfen und ihre Hand hineinzuschieben, als wir beide ein Klopfen an der Tür hören.

„Ist da drin alles in Ordnung?" Es ist Catherine.

Wir erstarren. Heather ringt immer noch nach Luft, sodass ich antworten muss.

„Alles okay! Wir haben unser Gespräch gerade beendet und sind gleich da."

Catherine erwidert einen Augenblick lang nichts und ich halte aus Angst, dass sie die Tür öffnen könnte, die Luft an. Doch sie murmelt nur „okay" und dann höre ich, dass sich ihre Schritte entfernen.

Heather ist noch halb nackt und sieht benommen aus. Doch als ich ihr den Rock ausziehe, scheint sie sich daran zu erinnern, wer und wo sie ist. Sie zuckt vor mir zurück, als hätte ich sie verbrannt. Sie zieht sich ihren BH wieder über die Brüste – eine echte Schande – und knöpft mit zitternden Fingern ihre Bluse zu.

„Was habe ich getan, o mein Gott, was mache ich nur ...", murmelt Heather vor sich hin. Als sie aufblickt und mich sieht – als würde sie zum ersten Mal bemerken, dass ich auch in diesem Büro bin – wird sie knallrot.

„Heather –"

„Ich habe mir gesagt, dass ich das nicht tun werde. Ich habe mir gesagt, dass das vorbei ist." Heather versucht, ihr Haar zu einem Knoten zusammenzustecken, doch es rutscht immer wieder heraus. Sie zittert, als stünde sie unter Schock.

Ich will sie gerade in die Arme nehmen und ihr helfen, sich zu beruhigen, als sie mir einen Blick zuwirft, der deutlich sagt, *fass mich nicht an.*

„Das ist keine große Sache", sage ich, hauptsächlich, um das Schweigen zu brechen. „Es ist passiert. Genau, wie es letztes Mal passiert ist. Es muss nichts bedeuten."

Der Ausdruck in ihrem Gesicht sagt mir, dass ich genau das Falsche gesagt habe. Sie runzelt die Stirn und ich könnte schwören, dass sie aussieht, als würde sie mich am liebsten wie eine wütende Katze anfauchen.

„Weißt du was, Caleb, du hast recht. Das ist keine große Sache. Ich verhalte mich, wie es sein sollte – weil da etwas zwischen uns ist, das wir nicht kontrollieren können –, aber das sind offensichtlich nur die Hormone. Oder wir sind wahnsinnig. Oder was weiß ich. Aber das spielt für *dich* natürlich keine Rolle. Für dich bin ich nur eine weitere Kerbe im Bett-pfosten."

„Heather, warte –"

Sie schüttelt den Kopf, und bevor ich sie aufhalten kann, rauscht sie aus dem Büro und schließt die Tür hinter sich.

Ich stütze mich auf dem Tisch ab. Tja, das lief ja hervorragend. Jetzt wird sie mich noch mehr hassen als ohnehin schon. Aus irgendeinem Grund fühle ich mich schuldig, obwohl ich weiß, dass sie ebenso sehr von mir berührt werden wollte, wie ich sie berühren wollte. Ich fahre mir mit der Hand durch die Haare. Ich bin trotz allem noch ziemlich erregt und fast davor, mir selbst Erleichterung zu verschaffen, als es nochmals an der Tür klopft. Ich verkneife mir zu knurren. Kann ein Mann denn hier *nirgends* seine Privatsphäre haben?

„Johnny? Bist du da drin?"

Es ist Rebecca. Ich sorge dafür, dass ich präsentabel aussehe, ordne meinen Schwanz, damit nicht so offensichtlich ist, was hier drin geschehen ist, und öffne schließlich die Tür. Rebecca mustert mich kurz von oben bis unten; ich muss mich zurückhalten, damit ich nicht wie ein getadelter Schuljunge von einem Fuß auf den anderen trete.

Sie betritt das Büro und schließt die Tür. „Ich bin froh, dass ich dich allein erwische", sagt sie scharf. Sie wirft mir wieder einen Blick zu, doch ich tue so, als wäre nichts gewesen. Soweit sie weiß, haben Heather und ich uns nur unterhalten.

Wenn ich an Heather denke, denke ich natürlich daran, was wir gerade hier drin getrieben haben, und ich muss die Erregung niederkämpfen, die mich dabei erfasst.

Rebecca spitzt die Lippen. „Ich wollte dir mitteilen, dass das Team nach einer langen Diskussion – die du und Heather im Übrigen verpasst habt – beschlossen hat, dass wir das ganze Fotoshooting wiederholen werden."

Ich werde ganz still. Wenn es etwas gibt, das ich nicht tue, dann sind das Wiederholungen wie irgendein Schulfotograf. Die

Wut brennt in mir. Eine Wiederholung bedeutet, dass ich beim ersten Mal lausige Arbeit geleistet habe, und ich leiste *niemals* lausige Arbeit.

„Geht es darum, dass Heather sich wieder über die Fotos beschwert hat?", fauche ich und es ist mir egal, dass Rebecca gewissermaßen mein Boss ist. „Sie war damit zufrieden, als wir das Shooting beendet haben. Du hast selbst gesagt, dass sie kalte Füße hat."

In Rebeccas Gesicht spiegelt sich keinerlei Emotion wider und ich muss zugeben, dass es mich immer etwas gruselt, wie ruhig sie sein kann. Jetzt gerade blinzelt sie lediglich und sagt in angemessenem Tonfall: „Ich würde dir nicht raten, das als Angriff auf dein Talent zu verstehen, Johnny. Es ist einfach so, dass wir wollen, dass unsere Designer mit dem Endprodukt zufrieden sind."

Ich schnaufe verächtlich. „Seit wann tanzt du nach der Pfeife launischer Designer? Ich habe schon viele Shootings gemacht, nach denen die Designer sich beschwert und herumgezickt haben, aber noch nicht einmal hast du entschieden, das Ganze zu wiederholen."

„Hier geht es nicht um eine Designerin, die launisch ist, wie du es nennst. Hier geht es um eine Designerin, die ernsthaft davon überzeugt ist, dass ihre Kollektion nicht angemessen dargestellt wird. Was du als Kunst bezeichnest, ist für sie eine Abweichung von ihrer Vision." Rebecca streicht sich mit einer geschmeidigen Bewegung eine Haarsträhne aus dem Gesicht. „Heather hat bereits mit uns gesprochen, bevor du zum Meeting kamst. Glaub mir, ich bin die Letzte, die gern etwas wiederholt."

Ich knirsche mit den Zähnen und beiße sie zusammen. Ich will Heather suchen und sie schütteln; ich will ihr sagen, dass sie keine Ahnung hat, wovon sie redet. Meine Fotos sind wahre Kunst und keine Designerin weiß mehr über Fotografie und meine eigene Kunst als ich. Ich bin beleidigt und sauer und ich wünschte, ich könnte einfach gehen und etwas trinken, bis meine kochende Wut abebbt.

„Wann soll dieses neue Shooting stattfinden?" Ich zwinge die Worte aus mir heraus und kann kaum glauben, dass ich so eine Frage überhaupt stelle.

„So bald wie möglich. Ich werde Catherine bitten, dich zu kontaktieren, um einen Termin zu vereinbaren."

Rebecca dreht sich zum Gehen um, doch vorher sieht sie mich über ihre Schulter hinweg an und sagt: „Und Johnny?"

Ich hebe die Augenbraue.

„Versuch, unsere Designerin nicht mehr aufzuregen, hm? Sie sah ziemlich rot aus, als sie aus diesem Büro kam."

Darauf fällt mir keine weitere Antwort ein.

KAPITEL DREIZEHN

Heather

Ich versuche, Shirts zusammenzulegen, doch ich bin so aufgebracht, dass ich sie schließlich auf einen Haufen werfe und aufgebe. Schnaufend lasse ich mich in den nächsten Stuhl fallen und lege meinen Kopf in meine Hände.

Was zur Hölle mache ich nur?, frage ich mich zum tausendsten Mal. Ich hatte fast Sex mit Caleb in Rebeccas *Büro*! Ich habe noch nie etwas so Unbedachtes getan – na ja, abgesehen davon natürlich, als wir Sex in einer öffentlichen Umkleidekabine hatten.

Ich ächze. Ich verliere ganz offensichtlich den Verstand und sollte mich selbst besser wegsperren. Wie kann ich mich so zu einem Mann hingezogen fühlen, den ich ebenso gern erwürgen würde, wenn ich die Chance hätte? Er weigert sich, mir zuzuhören, ist unhöflich zu mir und so arrogant, dass ich jedes Mal rot sehe, wenn er den Mund aufmacht.

Andererseits ist sein Mund auch das, was mich jedes Mal in Schwierigkeiten bringt. Die Art, wie er mich küsst … mich berührt. Ich zittere, als ich darüber nachdenke, wie er mich in diesem Büro berührt hat. Wie ich in seinen Armen gekommen bin, mit seinem Mund an meinen Brüsten und seinen Fingern in mir. Ich weiß nicht, ob ich ihn für die Gefühle, die er in mir auslöst, hassen oder lieben soll.

Ich reibe meine Schläfen. Dieses desasträse Meeting mit dem Team der *Bella* ist erst ein paar Tage her und momentan haben wir noch keinen Termin für ein neues Shooting ausgemacht. Catherine hat mir erzählt, dass Caleb stinksauer war, weil ich die Fotos neu machen lassen wollte, doch Rebecca hatte offensichtlich vorher mit ihm gesprochen. Jetzt ist er also sauer und ich bin sauer und die ganze Situation ist einfach nur fantastisch.

Ich stehe auf und versuche erneut, die Shirts zusammenzulegen. Es ist bereits nach Ladenschluss und ich bin die Einzige im Geschäft, mache alles fertig und lege neue Artikel für morgen bereit. Tanya ist vor einer Stunde gegangen, nachdem sie angedeutet hatte, dass sie gern eher Feierabend machen und mit ihrem Freund essen gehen würde. Außerdem wollte ich gern eine Weile im Laden allein sein, vielleicht, um mich daran zu erinnern, warum ich tue, was ich tue. Ein Teil von mir möchte nachgeben und die Fotos lassen, wie sie sind, doch der sture Teil von mir sagt mir immer wieder, dass ich mich durchsetzen muss. Ich weiß, dass ich es bereuen werde, wenn ich es nicht tue.

Ich höre, wie sich die Ladentür öffnet. Ich drehe mich um und zu meinem Erstaunen ist es niemand außer Caleb selbst, der auf mich zukommt. Er trägt einen Pullover mit V-Ausschnitt, der seine Augen betont, einer, der dem verdächtig ähnlich sieht, den ich mir nach unserer Eskapade in der Umkleidekabine an ihm vorgestellt hatte. Er sieht so umwerfend aus wie immer, wenn nicht gebräunter. War er unten am Strand, während ich meinen Laden geschlossen und hier geschmort habe? Natürlich war er das. Ich bin mir sicher, dass er surfen kann und alles, und dass sich die Frauen wahrscheinlich überschlagen, wenn er sein Shirt auszieht.

„Was willst du?" Ich weiß, dass ich mich wie eine Giftspritze anhöre, aber ich bin nicht in Stimmung. Ich bin nicht in der Stimmung, zu diskutieren und zu streiten und *erneut* zu versuchen, meinen Standpunkt zu erklären. Ich widme mich wieder den Shirts, denn das ist viel einfacher als zu versuchen, Caleb irgendetwas zu erklären.

„Bist du immer so nett zu deinen Kunden?"

Ich verdrehe die Augen. „Du bist kein Kunde und das wissen wir beide. Außerdem hat der Laden geschlossen. Soweit ich mich erinnere, hatte ich die Tür abgeschlossen."

Ich sehe aus dem Augenwinkel heraus, dass er mit den Schultern zuckt. „Sie war offen. Vielleicht solltest du auf solche Dinge genauer achten, Süße."

Jetzt sehe ich ihn an. „Du bist also den ganzen Weg hierhergekommen, um meine Schlösser zu überprüfen? Wie nett von dir. Vielleicht könnte das dein neues Berufsfeld sein – Schlosser, das Fotografieren scheint dir in letzter Zeit ja schwerzufallen."

Ihm steigt die Röte ins Gesicht und mein Schlag unter die Gürtellinie bringt mich fast selbst dazu, den Kopf zu schütteln. Ich sollte ihn in Bezug auf seine Fotografie nicht sticheln, aber er macht mich so wütend, dass ich es nicht lassen kann. Ich wende mich wieder meinen Shirts zu.

„Wir wissen beide, dass mein fotografisches Können hier nicht infrage steht", knurrt er mir ins Ohr. „Es liegt daran, dass eine gewisse Designerin so engstirnig ist, dass sie nicht loslassen und vielleicht einmal über den Tellerrand schauen kann."

Ich weigere mich, ihn anzusehen. Ich lege ein Shirt zusammen und beginne mit einem neuen. „Und ich denke, ein gewisser Fotograf glaubt, er würde jedes Mal Gold pinkeln, wenn er zur Toilette geht, aber davon ist nicht jeder überzeugt."

„Bist du eigentlich immer so nervtötend?"

„Nur bei Männern, die denken, sie könnten mir erklären, wie ich mein Geschäft zu führen habe." Ich fasse an ihm vorbei, um mir einen neuen Stapel Shirts zu nehmen. „Und lass mich dir etwas sagen, Caleb Johnson, ich brauche dich nicht, damit du mir sagst, was für meine Kollektion das Beste ist."

Er sagt einen Moment lang nichts, und da ich mich weigere, ihn anzusehen, finde ich die Stille besonders beängstigend. Oder vielleicht finde ich sie auch aufregend. Mein Herz hämmert definitiv und mittlerweile will ich fast, dass er mich berührt.

Ich bin wirklich verrückt, oder?

„Weißt du, was ich glaube?" Er haucht mir die Worte ins Ohr und bringt mich zum Zittern.

„Selbst wenn ich es nicht wissen will, wirst du es mir bestimmt gleich sagen." Ich versuche, sarkastisch zu klingen, doch ich klinge einfach nur außer Atem. Verzweifelt. Meine Brustwarzen zeichnen sich unter meinem Shirt ab und das führt nur dazu, dass ich daran denken muss, dass er sie erst vor ein paar Tagen im Mund hatte.

„Ich glaube, du hast zu viel Angst, um loszulassen. Ich denke, du klammerst dich so sehr an der Kontrolle fest, dass du dir am Ende selbst schadest. Ich denke, du weißt, dass diese Fotos fantastisch sind, aber da sie nicht das sind, was du erwartet hattest, hast du beschlossen, sie lieber komplett neu machen zu lassen. Weil das die sicherste Variante ist." Seine Hand wandert zu meiner Taille. „Aber was, wenn ich dir sagen würde, dass die sicherste Variante nicht immer die beste ist?"

Ich schlucke. Ein kleiner Teil in meinem Kopf flüstert mir zu, dass er recht hat, aber das werde ich ihm ganz sicher nicht verraten. Dann verschwinden sämtliche Gedanken, als seine Hand nach oben wandert und meine Brust umfasst, während er die andere um meine Taille schlingt. Er zieht mich an sich. Ich ringe nach Luft, als ich seinen Ständer an meinem Hintern spüre.

„Du machst mich wahnsinnig", sagt er und küsst meinen Nacken. „Jedes Mal, wenn ich dich sehe, will ich dich erwürgen. Du bringst mich dermaßen auf die Palme, dass ich fast davorstehe, dich endgültig von einer Brücke zu werfen." Die eine Hand ist noch immer an meiner Brust und massiert sie, während die andere auf meinem Venushügel liegt. Ich weiß, dass ich bereits feucht und heiß und begierig bin. „Aber dann will ich dich küssen und dich nach vorn beugen und ficken, bis du schreist."

Ich sollte mich nicht von ihm berühren lassen. Ich sollte ihn auffordern zu gehen. Doch stattdessen lehne ich mich zurück und lasse mir von ihm den Nacken küssen und lecken. Ich bin mir sicher, dass er Knutschflecke hinterlässt, doch das ist mir egal. Er drückt seine Hand auf meinen Venushügel und massiert meine Klit durch den Stoff meiner Jeans und meines Höschens. Mein Atem stockt.

„Verdammt, Heather, ich muss dich noch einmal haben."

Das ist das Ehrlichste, was er bisher gesagt hat, und aus irgendeinem Grund turnt es mich noch mehr an. Ich drehe mich um und küsse ihn. Er stöhnt, vergräbt seine Finger in meinem Haar und zieht meinen Kopf nach hinten. Er fällt über meinen Mund her, und bevor ich weiß, wie mir geschieht, hat er die ganzen Shirts, die ich zusammengelegt habe, auf den Boden geworfen.

Ich entziehe mich ihm. „Die habe ich gerade erst zusammengelegt!"

„Scheiß auf die Shirts, Heather."

Ich will ihm gerade sagen, dass die Leute uns sehen werden, dass wir das nicht hier tun sollten, doch dann wird mir klar, dass wir weit genug hinten im Laden sind, dass uns niemand sehen wird. Ich will nur, dass Caleb mich küsst, mich berührt, in mir ist. Ich will spüren, wie er in mich eindringt und mich so nimmt, wie er es in dieser Umkleidekabine getan hat.

Ich schiebe meine Hände unter seinen Pullover. Während ich in seine Brustwarzen kneife, beobachte ich, wie seine Augen dunkel werden. Er beißt die Zähne zusammen, das macht mich nur noch heißer. Feuchter. Ich ziehe seinen Pullover hoch und er hilft mir, ihn auszuziehen. Caleb ohne Pullover zu sehen, raubt mir wirklich den Atem: er besteht aus Muskeln und Sehnen, goldene Haare zieren seine Brust und ich will diese Hitze an meiner eigenen Haut spüren. Ich reiße mir meine eigene Bluse regelrecht vom Leib, öffne meinen BH und befreie meine schweren Brüste aus ihrem Gefängnis.

Seine Augen leuchten, als er meine nackten Brüste sieht. „Ich habe die beiden Hübschen vermisst", sagt er heiser. Ich sehe zu, wie seine gebräunten Finger mit jedem Hügel spielen, in meine Brustwarzen kneifen und dann fest genug zudrücken, um mich vor Lust und Schmerz aufstöhnen zu lassen.

Ich schlinge meine Arme um seinen Hals, drücke meine Brüste gegen seine Brust und seine Brusthaare reiben an meinen überempfindlichen Nippeln. Das heizt mich nur noch mehr an. Stöhnend küsse ich ihn.

Es ist, als würde ich jedes Mal, wenn Caleb in meiner Nähe ist, die Selbstbeherrschung verlieren: meine Emotionen, meine Gedanken, meinen eigenen Körper. Er hat von mir Besitz ergriffen und jetzt gerade will ich einfach nur, dass er mich immer wieder nimmt. Ich will nicht, dass er loslässt.

Calebs Hände haben viel zu tun: er zieht mit einer flinken Bewegung meine Jeans und mein Höschen herunter. Seine Finger gleiten durch meine Spalte und er murmelt, dass ich brennend heiß sei. All meine Hemmungen sind verflogen, und als ich völlig nackt vor ihm sitze, spreize ich die Beine, damit er genau sehen kann, was ich alles zu bieten habe.

Er atmet tief ein. Er spannt den Kiefer an und seine Brust hebt und senkt sich durch seine schnelle Atmung. Während er mich beobachtet, spreize ich meine Vulva und zeige ihm mein feuchtes, pinkes Zentrum. Ich lege den Kopf in den Nacken, als ich mich selbst berühre, mit einem Finger in mich eindringe und mit dem anderen meine Klit reibe. Ich bin bereits so empfindlich, dass ich mit ein paar eigenen Handbewegungen kommen könnte.

Ich spiele an mir herum, und als ich seinen Blick wieder auffange, sieht er aus, als würde er gleich explodieren. Als ich meinen Finger in den Mund nehme und ihn ablecke, verliert er die Kontrolle.

Bevor ich mich versehe, hat er ein Kondom übergestreift, hebt meine Hüften an und dringt mit einem langen Stoß in mich ein. Ich stöhne; er flucht. Er fängt an, mich zu ficken: er ist nicht vorsichtig oder zärtlich oder lieb und das liebe ich. Ich treibe ihn an, meine Fingernägel krallen sich in seinen Bizeps, während unsere Körper aneinanderschlagen. Sein Schwanz füllt mich bis zum Rand und ich fange fast an zu lachen, weil ich voller Ekstase bin. Caleb packt meine Hüften, um mich festzuhalten. Er benutzt mich, er benutzt meinen Körper, und diesen intensiven, konzentrierten Ausdruck in seinem Gesicht zu sehen, lässt mich über die Klippe springen. Mein Orgasmus rauscht durch meinen Körper.

Ich stöhne und rufe seinen Namen, japsend versuche ich, zu Atem zu kommen. Es ist überwältigend. Ich kann nicht atmen, mein Kopf ist leer, mein Körper nur ein Bündel aus Lust.

Er küsst mich ein letztes Mal, als er in mir kommt. Ich spüre seinen Schwanz zucken und er löst einen letzten Lustschauer in mir aus. Seine Zunge fällt über mich her und wir küssen uns endlos, während sein Schwanz noch in mir ist. Es ist, als könnten wir es nicht ertragen, uns voneinander zu trennen.

Als mir das klar wird, zieht sich mein Herz zusammen.

Caleb küsst mich noch einmal, bevor er seinen Schwanz aus mir herauszieht und das Kondom wegwirft, während ich versuche, zu Atem zu kommen und meine abgelegten Kleider zwischen den heruntergefallenen, zerwühlten Shirts zu finden. Ich ziehe mein Höschen und meinen BH wieder an und schließlich meine Jeans, doch mein Körper ist zu befriedigt und mein Kopf zu sehr mit Caleb und Sex und Sex mit Caleb beschäftigt, um meine Bluse zuzuknöpfen. Ich hebe stattdessen eins der Shirts vom Boden auf.

Caleb zieht seine eigenen Sachen wieder an, woraufhin ich reumütig seufze. Ohne Klamotten gibt er definitiv ein eindrucksvolles Bild ab.

Er bemerkt mein kleines Seufzen und grinst. „Enttäuscht, Süße?"

Ich schniefe. „Du bist dermaßen eingebildet."

„Als ob ich nicht sehen würde, wie du mich anschaust wie eine Frau, die ihr Leben lang gehungert hat." Er grinst und gibt mir einen Kuss. „Es ist okay. Sieh mich ruhig an, soviel du willst. Ich weiß, dass ich der Beste bin, den du je gesehen hast."

Ich schubse ihn weg, aber nur spielerisch. Mein Körper ist von meinen Orgasmen immer noch high und ich bin Caleb gegenüber besser gestimmt. Vielleicht sollte ich ihn jedes Mal, wenn er mich nervt, dazu bringen, mit mir zu schlafen. Danach haben wir beide bessere Laune.

Irgendwie landen wir liegend miteinander auf dem Tisch, die Shirts wie Kopfkissen unter uns zusammengeknüllt. Ich weiß, dass ich es morgen grauenvoll finden werde, was wir mit den Artikeln gemacht haben, doch jetzt gerade bin ich auf einem anderen Planeten. Ich kann nur an Caleb denken und sein Lächeln und daran, dass ich kurz davor bin, mich nochmal von ihm verführen zu lassen.

Das Licht ist gedämpft und aus irgendeinem Grund spüre ich, dass ich meine Barrieren fallen lasse. Vielleicht liegt es nur am Sex. Vielleicht an diesem Mann. Ich weiß es nicht mehr.

Während ich Caleb ansehe, präge ich mir seine Gesichtszüge ein, denn tief in meinem Herzen weiß ich, dass ich ihn nach unserem nächsten Shooting vermutlich niemals wiedersehen werde.

„Ich wollte, dass du weißt, dass mir die Fotos wirklich gefallen haben", murmele ich und sehe ihn dabei die ganze Zeit an. „Das mit den Fotos hatte nichts mit deinem Talent zu tun. Es ist eher so, dass sie insgesamt nicht zu dem passten, was ich wollte. Wenn es nicht meine Designs wären, würde ich Rebecca sagen, dass sie sie sofort veröffentlichen soll."

Er sieht mich einen Augenblick schweigend an, bevor er mir mit einer zärtlichen Berührung meine Haare aus der Stirn streicht. „Ich hätte mich deswegen wahrscheinlich nicht so angegriffen fühlen sollen", gibt er zu.

„Ich denke, wir beide wissen, dass Künstler – uns beide eingeschlossen – dazu neigen, neurotisch und emotional zu sein."

Er legt seine Hand auf sein Herz und setzt einen schockierten Gesichtsausdruck auf. „Ich bin nicht emotional! Ich bin die Brillanz in Person!"

„Okay, Kumpel, reg dich ab." Ich verdrehe die Augen, muss aber trotzdem lächeln. „Du weißt, was ich meine."

„Ich hätte wahrscheinlich besser reagieren können, aber ich bin es nicht gewohnt, dass jemand von mir verlangt, ein Shooting zu wiederholen." Er sieht mich herausfordernd mit gehobener Augenbraue an.

Ich hebe das Kinn. „Und aus diesem Grund wusste ich, dass ich nicht danebensitzen und nichts sagen konnte. Ich wette, die meisten Designer sind von dir zu sehr eingeschüchtert, um dich infrage zu stellen."

Er blinzelt, dann lacht er. „Du hast wahrscheinlich recht, Süße."

Der Kosename – verdammter Mist – dringt ohne meinen Willen bis tief in mein Herz vor. Ich bin immer noch warm und benommen, nicht nur durch den Sex, sondern einfach, weil ich Caleb nah bin. Ich will gerade aber nicht darüber nachdenken, warum das so ist. Hatte ich mir nicht selbst gesagt, dass es böse enden würde, sich auf ihn einzulassen?

„Aber wenn du weißt, dass dir die Fotos gefallen", sagt er, bevor ich antworten kann, „warum lässt du sie dann nicht veröffentlichen? Denkst du wirklich, dass sie deine Designs nicht repräsentieren, oder erschreckt es dich einfach, dass sie anders sind als das, was du dir vorgestellt hattest?"

Ich verkneife mir eine bissige Antwort und zwinge mich, über seine Worte nachzudenken. Ich weiß, ich habe die Tendenz, mich nicht von meinem Standpunkt abbringen zu lassen und extrem stur zu sein, aber mir ist außerdem deutlich bewusst, dass man in dieser Branche schnell gemobbt wird, wenn man sich nicht durchsetzt. Ich muss mit jedem Atemzug für meine Designs und meinen Laden kämpfen.

Als ich jedoch Caleb ansehe, komme ich ins Grübeln. Reagiere ich nur aus Angst? Oder sollte ich auf die Stimme in meinem Kopf hören, die mir sagt, dass die Fotos nicht so gut sind, wie sie sein könnten? Ich kaue auf meiner Unterlippe herum.

„Lass mich darüber nachdenken", sage ich schließlich. „Ich glaube, ich habe mich emotional so sehr in diese Sache hineingesteigert, dass ich nicht mehr weiß, was ich denken soll. Verlasse ich mich auf mein Bauchgefühl? Oder ist das einfach nur eine Reaktion und nicht wirklich rational?" Ich seufze lang. „Ich bin so verwirrt; es ist, als wäre ich vollkommen verkrampft."

„Dann denk noch ein paar Tage darüber nach. Rebecca kann warten. Sogar ich kann warten. Ich habe sowieso einen anderen Kunden, mit dem ich momentan arbeite, ich wäre also ohnehin nicht in der Lage, vor kommender Woche das Shooting zu wiederholen."

Ich atme ein und nicke. Ich glaube, ich brauche einfach ein wenig Abstand von allem und jedem und muss mal durchatmen. Wenn ich Caleb ansehe, weiß ich, dass er bei der ganzen Sache eine große Rolle spielt. Vielleicht reagiere ich nur auf *ihn*. Wenn mein Fotograf irgendein anderer wäre, hätte ich dann auch dieses starke Verlangen, ihn wegzustoßen?

Ich habe das Gefühl, dass ich die Antwort auf diese Frage kenne.

Caleb setzt sich auf und ich tue es ihm gleich. Er nimmt eine meiner Haarsträhnen und zwirbelt sie zwischen seinen Fingern. Ich ertappe mich dabei, dass die Geste mich zum Lächeln bringt.

„Ich glaube, du brauchst einfach ein wenig Vertrauen." Seine Stimme ist tief und warm und ich frage mich, ob er über die Fotos oder über etwas anderes redet – über uns. Seine Augen sind unlesbar und plötzlich spüre ich eine Enge in der Brust. Er zwirbelt die Haarsträhne immer noch, dann lässt er sie zurück auf meine Schulter fallen.

„Ich sollte gehen." Er steht auf und ich folge ihm zur Ladentür.

Ich bitte ihn fast, mit mir nach Hause zu kommen. Irgendwie kommt es mir heute besonders schmerzhaft vor, in mein leeres Apartment zurückzukehren. Aber ich habe nicht den Mut, ihn danach zu fragen. Also lasse ich mich einfach zum Abschied von ihm küssen und sage mir, dass wir uns bald sehen werden. Ich lasse ihn gehen, weil ich weiß, dass ich das letztendlich werde beenden müssen.

KAPITEL VIERZEHN

Caleb

Ich kehre zu meinem Mietshaus zurück, ohne mich überhaupt daran erinnern zu können, wie ich hergefahren bin, so benommen bin ich. Oder besser gesagt bin ich so davon abgelenkt, an Heather und Sex mit Heather zu denken, dass ich wie ein Zombie bin. Ein sexsüchtiger Zombie, der beinahe nachgegeben und die Frau zu sich nach Hause gebeten hätte, um bis in die Nacht weiter mit ihr Sex zu haben.

Ich lade Frauen nicht zu mir ein. Sie laden *mich* ein. Und dann gehe ich, bevor sie anhänglich werden.

Ich suche im Kühlschrank nach einem Bier, denn das ist das Einzige, das mir einfällt, das meine Gedanken ordnen könnte. Doch ich kann die Erinnerungen an Heather nicht abschütteln: wie sie geschmeckt hat, wie sie stöhnte, wie sich ihr Körper an meinen schmiegte, als ich in sie eindrang.

Ich fröstele. Ich habe dafür keine Zeit. Erstens ist Heather Flint eine schreckliche Nervensäge. Zweitens habe ich mit Beziehungen nichts am Hut. Ich flirte und das war's. Heather ist der Typ Frau, der eine Beziehung will: das sieht man ihr schon an.

Ich habe mein erstes Bier ausgetrunken und will gerade das zweite anfangen, als jemand an die Tür klopft. Ich knurre. Es ist fast zweiundzwanzig Uhr – wer zum Teufel klopft jetzt an meine Tür?

Ich beschließe gerade, es zu ignorieren, als ich Fionas Stimme rufen höre: „Ich weiß, dass du da drin bist, Johnny!"

Ich ächze. Das Letzte, das ich brauche, ist Fiona, die wie ein Bluthund herumschnüffelt. Aber ich weiß auch, dass sie meinen Mietwagen gesehen hat und vermutlich durchs Fenster einsteigen wird, wenn ich die Tür nicht öffne.

Ich lasse sie herein, ohne sie überhaupt zu begrüßen, aber das scheint ihr nichts auszumachen. Sie marschiert mit Bertie dem Hund unter dem Arm herein. Das flauschige Monster bellt mich an und schnappt sogar nach meinem Arm, als Fiona sich an mir vorbeischiebt.

„Warum bist du hier, Fiona?" Ich öffne das Bier, das ich gerade aus dem Kühlschrank genommen habe, nehme einen tiefen Zug und hoffe, dass der Alkohol mich vor dem, was sie will, retten wird.

Wie immer schmollt Fiona. „Ich war gerade in der Gegend –"

„Lüg mich nicht an. Wir wissen beide, dass du dich normalerweise keine Meile von Santa Monica wegbewegst."

„Du hast vielleicht schlechte Laune", sagt sie schniefend. „Hat dich jemand abblitzen lassen?"

Ich starre sie über den Hals meiner Bierflasche hinweg finster an. Ich will ihr sagen, dass genau das Gegenteil der Fall ist, doch dann wird sie anfangen, mir die Details aus der Nase zu ziehen, und wird niemals gehen. Also zucke ich einfach mit den Schultern. „Ich bin müde. Ich wollte Netflix schauen und ins Bett gehen, aber dann kamst du."

„Du wirst langweilig auf deine alten Tage."

„Ich bin langweilig und das heißt, dass du keinen Grund hast zu bleiben." Ich verlasse die Küche, gehe ins Wohnzimmer und schalte in der Hoffnung, dass Fiona den Wink versteht, den Fernseher an.

Sie versteht ihn nicht.

„Weißt du", sagt sie, als sie sich neben mich setzt und Bertie streichelt, der bei jeder Berührung winselt, „ein kleines Vögelchen hat mir gezwitschert, dass du und Heather Flint euch bei ihrem Shooting fast gegenseitig umgebracht habt." Fiona tippt sich an die Unterlippe. „Und ich habe gesagt, ‚Sicher nicht! Nicht Johnny, der charmanteste Mann der Welt!'"

Ich sehe sie finster an. „Bist du nur hergekommen, um zu tratschen?"

„Natürlich nicht." Sie setzt Bertie auf den Fußboden. Der Hund trottet hinüber zu einem Kissen, das von der Couch gefallen war, knurrt es an und fängt an, es in Stücke zu reißen. „Ich bin hier, weil ich weiß, dass du einsam bist. Und das bin ich auch, um ehrlich zu sein."

Fiona rutscht näher und drückt sich an mich. Ihr Parfum steigt zu meinen Nasenlöchern auf. Während ich ihren Duft und ihre klimpernden Wimpern normalerweise als deutliche – und willkommene – Einladung verstanden hätte, bin ich gerade einfach irritiert.

Sie streichelt meinen Arm, ihre Fingernägel sind hellrot, eher wie blutige Klauen. „Lass mich dafür sorgen, dass es dir besser geht, Liebling." Sie lächelt.

Ich starre auf sie herab und muss zugeben, dass ich es in Erwägung ziehe. Mit Fiona ins Bett zu steigen, würde mich von allem ablenken, sie ist eine lustvolle Liebhaberin, mit der man Spaß haben kann. Von dem Wahnsinn danach einmal abgesehen. Mein ursprünglicher Plan war gewesen, mich zu betrinken und ins Bett zu fallen – allein –, aber vielleicht sollte ich es mir anders überlegen.

Doch als Fionas weiße Zähne hervorblitzen, als sie lächelt, weiß ich, dass es mehr als dumm wäre, ihr nachzugeben. Erstens ist sie verrückt. Und da ist kein Funke. Mein Schwanz ist in ihrer Gegenwart schlaff wie ein toter Fisch, selbst wenn ich ihre Brüste praktisch direkt vor meiner Nase habe und ihre Lippen so rot sind wie ihre Fingernägel.

Um ehrlich zu sein, ist die einzige Frau, die ich gerade mit ins Bett nehmen will, diejenige, die mich wahrscheinlich gerade mehr hasst als sonst irgendwer.

Heather Flint sollte verdammt sein! Wie konnte die Frau mich so ruinieren?

Ich stehe auf, hauptsächlich, weil neben ihr zu sitzen so ist, als wäre man ein Insekt, das in ihrem Spinnennetz gefangen ist. Bertie geht weiter auf das Kissen los. Mir wird klar, dass ich es werde ersetzen müssen, und fluche.

„Du solltest gehen", sage ich kurzangebunden. Ich versuche nicht einmal zu verbergen, dass ich genervt bin. „Ich muss morgen früh aufstehen."

Sie starrt mich überrascht an, bevor sich ihr Ausdruck in Wut verwandelt. Ihre Augen blitzen auf, und falls sie zuvor gefährlich aussah, erscheint sie mir jetzt absolut teuflisch. Sie steht allerdings nicht auf. Sie streift sich ihr blondes Haar von der Schulter, als sie angewidert sagt: „Du lässt *mich* wirklich abblitzen?"

Ich verdrehe die Augen. „Ja, ob du es glaubst oder nicht. Ich weiß, dass das wahrscheinlich eine neue Erfahrung für dich ist, aber du wirst es überleben."

Sie schnieft. „Du hast vielleicht Nerven, Caleb Johnson, dich zu verhalten, als wärst du besser als ich und so viele andere Leute in dieser Stadt, obwohl du noch vor ein paar Jahren Fotos geschossen hat, die sich außer deinen Eltern keiner angesehen hat. Du glaubst, du seist unbesiegbar?" Sie steht auf. „Bist du nicht."

„Das hat damit überhaupt nichts zu tun", sage ich in einem genervten Ton. Du drehst mir absichtlich die Worte im Mund herum."

Das bezweifele ich ganz stark. Also, wer ist sie?"

Ich verstumme, zwinge mich jedoch, nicht darauf zu reagieren. Fiona weiß nichts, andernfalls hätte sie Heather von Anfang an erwähnt. So raffiniert ist sie nicht.

„Wer ist wer? Wie ich dir bereits gesagt habe, muss ich morgen früh raus."

Sie leckt sich die Lippen, als würde sie mich gleich in einem Stück verschlingen. Und wenn sie auch nur annähernd die Gelegenheit dazu hätte, würde sie mich wahrscheinlich tatsächlich verspeisen.

„Oh Johnny, du bist nicht so gut darin, Geheimnisse zu wahren, wie du denkst." Sie kommt langsam auf mich zu, bis sie ihre Hand auf meine Brust drückt und ihre Nägel sich durch den dünnen Baumwollstoff meines Pullovers in meine Haut graben. „Ich kenne den Ausdruck in deinem Gesicht. Ich weiß, wann du eine Frau im Kopf hast. Denselben Ausdruck hattest du, als du mir gesagt hast, wir sollten nur Freunde bleiben, und dann hast du angefangen, dieses ukrainische Model zu vögeln." Sie schnurrt mittlerweile regelrecht, doch ich weiß sehr genau, dass es nicht daran liegt, dass sie zufrieden ist.

„Und dann warst du mit irgendeinem Chef einer Tech-Firma aus dem Silikon Valley zusammen. Was ist denn damit?" Ich nehme ihre Hand von meiner Brust, hauptsächlich, weil ich befürchte, dass sie mein Herz herausreißen könnte, wenn ich nicht aufpasse.

„Wir reden nicht über mich, Liebling. Wir reden über dich."

Ich wende mich angewidert ab. Ich habe dafür keine Zeit – nicht für Fionas Versuche, an Klatsch und Tratsch zu kommen, oder für ihre Eifersucht.

„Ich werde jetzt ins Bett gehen. Du weißt ja, wo die Tür ist." Ich warte ihre Reaktion gar nicht erst ab.

Ich höre einen quietschenden Laut und dann ihre Schritte hinter mir. „Ist es ein Model vom Shooting? Die Britin?" Fiona folgt mir, ihre Absätze klappern auf dem Holzboden. „Oder die Neue aus New York? Ich habe sie gesehen und eines kann ich dir sagen, sie ist im echten Leben nicht halb so hübsch wie auf den Fotos."

Ich bin gerade an der Treppe, als ich Fiona am Arm packe und sie praktisch zur Tür zerre. Sie und Bertie quietschen beide.

„Gute Nacht, Fiona", sage ich, als ich die Tür öffne.

Ich bin nah dran, sie hinauszuschleudern, doch sie reißt schniefend ihre Hand los. „Ich verstehe schon. Du musst ja nicht gleich grob werden. Meine Güte, die muss dich ja eingewickelt haben."

„Niemand hat mich eingewickelt. *Gute Nacht.*"

Sie lächelt wie eine Katze und tätschelt meinen Arm. „Gute Nacht, Johnny. Ich bin sicher, wir werden uns schon sehr bald wiedersehen."

Nachdem ich die Tür zugemacht habe – und abgeschlossen habe –, macht sich ein Gefühl der Angst in meinem Magen breit. Fiona sah viel zu triumphierend aus, als sie gegangen ist, sodass ich mich einfach fragen muss, ob sie mehr weiß, als sie zugegeben hat. Aber woher sollte sie über Heather und mich Bescheid wissen?

Es ist jetzt drei Tage her und ich habe noch nichts von Heather gehört. Deshalb glaube ich, dass sie das Shooting wiederholen, es mir aber nicht sagen möchte. Oder sie will es nicht wiederholen, weil sie mich nicht wiedersehen will.

Dann nerve ich mich selbst, weil ich mich wie ein liebeskranker Teenager anhöre, und verbanne sämtliche Gedanken an Heather so gut ich kann aus meinem Kopf. Heather ist nicht mein Problem. Wenn sie ihr Leben unnötig komplizierter machen will, bitteschön. Ich werde trotzdem bezahlt.

Doch am vierten Tag verliere ich die Geduld. Ich rufe sie auf dem Weg zu meinem morgendlichen Meeting an und sage mir, dass ich wissen muss, was los ist, damit ich es meinem Agenten mitteilen und dieser dementsprechend planen kann. Als ihr Telefon dreimal klingelt, bin ich kurz davor, mein Handy aus dem Fenster zu werfen, als ich ihre Stimme höre. „Caleb?"

Ich sollte nicht so *glücklich* darüber sein, ihre Stimme zu hören. Daraufhin ist meine Antwort ruppiger, als ich beabsichtigt hatte. „Gut, du lebst also noch."

Stille. Dann folgt: „Ja, allerdings. Ist das alles, was du wolltest?"

„Haha, sehr witzig. Ich wollte wissen, ob du dich wegen der Wiederholung des Shootings schon entschieden hast. Mein Agent hängt mir im Nacken, er will Termine mit anderen Kunden machen." Das stimmt zwar nicht so ganz, aber das werde ich Heather nicht verraten.

Sie seufzt. „Ich habe darüber nachgedacht, seit wir uns das letzte Mal, ähm, getroffen haben." Ich kann regelrecht vor mir sehen, wie sie rot wird, und das macht mich äußerst zufrieden. Ich nehme die nächste Ausfahrt und überhole einen UPS-Lastwagen, der mitten auf der Straße fast stehen bleibt. „Ich würde das Shooting gern wiederholen."

Ich verziehe das Gesicht. Obwohl mir das die Gelegenheit bietet, sie wiederzusehen, hasse ich die Vorstellung, meine Arbeit wiederholen zu müssen, immer noch. Doch ich zwinge mich zu erwidern: „Okay, das kann ich machen." Ich kann nicht anders als hinzuzufügen: „Siehst du? Es ist nicht so schwer, Kompromisse zu machen, weißt du."

„Ich weiß zwar nicht, was es mit Kompromissen zu tun hat, dass du deinen Job machst, aber wenn du dann nachts besser schlafen kannst …"

„Oh, Süße, ich schlafe nachts hervorragend und träume von deinen schönen Brüsten und wie du meinen Namen stöhnst, wenn ich in dir bin." Ich höre sie einatmen, was mich zum Lächeln bringt. Ich parke mein Auto am Zielort, steige jedoch nicht aus, da mein nächstes Meeting erst in fünfzehn Minuten beginnt.

Außerdem möchte ich jede Gelegenheit nutzen, um Heather zu sticheln. „Wie schläfst du denn? Träumst du von mir, Süße?"

Sie schnauft verächtlich. „Das hättest du wohl gern. Ich träume nur davon, dich niemals wiederzusehen."

„Das bezweifele ich. Du hast mich praktisch angebettelt, dich wieder zu ficken, direkt in deinem Laden. So verhält sich keine Frau, die es nicht genossen hat."

„Weißt du eigentlich, was für eine arrogante Nervensäge du bist?"

„Manche Leute behaupten das. Aber in Anbetracht der Tatsache, wie viele Orgasmen ich dir beschert habe – wie viele sind es gewesen? Drei? Vier? – würde ich mich an deiner Stelle nicht beschweren."

„Hast du mich nur angerufen, um mich sexuell zu belästigen?"

Sie klingt so genervt, dass ich lachen muss. „Nur zum Teil. Ich wollte dir sagen, dass, falls wir das Shooting wiederholen sollten – was der Fall zu sein scheint –, wir unsere Ideen diesmal miteinander verbinden sollten. Obwohl ich kein besonders großer Fan deiner ursprünglichen Vision bin, kann ich trotzdem zugeben, dass ich mit meinen Ideen während des ersten Shootings vielleicht etwas über das Ziel hinausgeschossen bin."

Ich höre ein klopfendes Geräusch. Höchstwahrscheinlich klopft Heather mit ihrem Stift auf ihren Schreibtisch. „Also denkst du, wir sollten – wie hast du es vorhin noch gleich genannt – *Kompromisse* eingehen?"

„Etwas in der Art."

„Und was ist, wenn du beschließt, dass dir das auch wieder nicht gefällt? Setzt du dich dann wie ein Bulldozer gegen mich durch und tust, was dir gefällt?"

Ich schnalze mit der Zunge. „Oh, ihr Ungläubigen! Das Ganze noch ein drittes Mal zu wiederholen, ist das Letzte, was ich will. Und am Ende des Tages sind es deine Designs, nicht meine. Ich bin nur der Fotograf."

Sie schnauft erneut. „Ich bezweifele stark, dass du dich jemals selbst als ‚nur der Fotograf' angesehen hast. Wenn ich es nicht besser wüsste, würde ich denken, dass du lügst und stattdessen einen Plan hast, um es mir heimzuzahlen."

Ich muss sagen, das ist ein Schlag unter die Gürtellinie. Ich war stur und ich wollte Heather schütteln, bis ihre Zähne klapperten, aber ich habe meine Ehre, verdammt.

„Hältst du mich wirklich für so ein großes Arschloch? Du könntest mir etwas mehr Anerkennung entgegenbringen, Süße."

„Wer war denn derjenige, der mir seine Identität verschwiegen hat? Ich denke nicht, dass ich hier völlig danebenliege."

Ich knirsche mit den Zähnen. „Das war ein Missverständnis. Keine Lüge. Wie lange wirst du mir das noch vorhalten?"

„Solange ich will." Sie hält inne und ich kann regelrecht hören, wie es in ihrem Kopf arbeitet. „Okay, schön. Ich denke, damit kann ich arbeiten."

„Du wirst schon etwas genauer werden müssen, Süße."

„Lass mich mit Rebecca sprechen und wir werden ein neues Shooting vereinbaren. Ich weiß, das ist nicht das, was du willst, aber ich denke, am Ende des Tages werden wir alle zufriedener sein. Es ist besser, dafür zu sorgen, dass alles stimmt, auch wenn dabei jemand sauer wird, stimmt's?"

Ich bin mir da nicht so sicher und ich bin immer noch davon überzeugt, dass Heather einfach Angst hat, über den Tellerrand zu blicken, aber mir ist nicht danach, jetzt darüber zu diskutieren. Ich weiß, dass sie tun wird, was sie will, und so ist das eben. Und wenn ich ehrlich zu mir selbst wäre, würde ich zugeben, dass es sich lohnt, den Ärger eines neuen Shootings in Kauf zu nehmen, wenn ich sie dadurch wiedersehen kann.

„Gut, ich bin froh, dass du einverstanden bist", sage ich schließlich und steige aus dem Wagen. „Ich werde dir eine E-Mail schicken, in der genau steht, was ich damit meine, unsere Ideen zu verbinden, und du kannst mir mitteilen, wann das nächste Shooting stattfindet. Ist das okay für dich?"

„Du bist so süß, wenn du sauer bist, weißt du das?"

Ich kann nicht anders: Ich muss lachen. „Und wenn du jetzt hier stehen würdest, würde ich dich übers Knie legen und dir deinen hübschen Arsch versohlen, weil du mir so dermaßen auf die Nerven gehst."

„Fahr zur Hölle, Caleb", sagt sie, jedoch ohne echten Groll.

Ich lache wieder. „Da bin ich schon, Süße", sage ich, bevor sie auflegt.

KAPITEL FÜNFZEHN

Heather

Die Klingel am Eingang meines Ladens läutet, und als ich aufblicke, kommt eine schöne Blondine hereinspaziert. Das ist nichts Neues für mich – das ist immerhin L.A. – und ich begrüße sie wie jeden anderen auch.

„Willkommen bei Talina", sage ich. Die Frau trägt eine große Tasche, in der sich etwas zu bewegen scheint. Was hat es mit diesen Frauen und ihren Minihunden nur auf sich? „Kann ich Ihnen helfen, etwas auszusuchen?"

Die Frau mustert mich von unten bis oben und die Missbilligung ist deutlich in ihren perfekten Zügen zu erkennen. Andererseits könnte ihr Gesicht auch einfach immer so aussehen, wenn man die ganzen plastischen Eingriffe bedenkt, die sie offensichtlich machen ließ. Ich zucke mit den Schultern, als sie sich abwendet. Ich werde mir nicht von irgendeinem blonden Snob meinen Tag verderben lassen, weil sie glaubt, sie sei zu gut, um mit jemandem wie mir zu sprechen.

Als ich mich wieder dem Falten der Kleidungsstücke widme,

versuche ich, nicht daran zu denken, wie gut es vorhin getan hat, Calebs Stimme zu hören. Ich sollte ihn hassen. Ich sollte ihn niemals wiedersehen wollen. Doch ich empfinde das ganze Gegenteil – ich will ihn sehen, ihn berühren und mit ihm zusammen sein. Ich zittere, als ich über unsere Begegnung hier in diesem Laden nachdenke.

Ich sollte nicht von unmöglichen Dingen träumen. Das weiß ich. Ich hatte davon geträumt, dass Bo und ich das perfekte Paar werden würden, und dass wir beide Jobs hätten, die beste Ehe und irgendwann sogar eigene Kinder. Dieser Traum ist geplatzt, und zu erwarten, dass Caleb – ein Promifotograf mit großer Karriere, der tagein, tagaus mit schönen Models arbeitet – da anders wäre, ist total verrückt. Es würde definitiv von mir erwartet werden, dass ich mich hinter seiner Karriere anstelle. Er wäre der Star und von mir würde erwartet werden, dass ich meine eigene Karriere so gut wie möglich in den Hintergrund stelle, damit wir nicht miteinander konkurrieren müssen. Das ist einfach die logische Schlussfolgerung.

Aber wenn ich über unser Gespräch über das neue Shooting nachdenke und dass er mir auf halbem Wege entgegenkommt? Ich bin sicher, dass es ihm nicht klar ist, doch das bedeutet mir eine Menge. Und deswegen frage ich mich auch, ob ich vielleicht wirklich alles haben könnte.

„Hey Heather, weißt du, wo ich meine Schlüssel hingelegt habe?" Tanya fängt an, die Shirtstapel zu durchsuchen, die ich gerade zusammengelegt habe. „Ich kann sie nirgends finden."

„Okay, erstens, hör auf, meine Sachen durcheinanderzubringen", sage ich und stemme die Hände in die Hüften. „Ich weiß, dass sie nicht unter diesen T-Shirts liegen. Erinnerst du dich, wann du sie zuletzt hattest?"

Tanya verzieht das Gesicht. „In meinem Auto, als ich hergefahren bin?"

„Wir werden dir ein Schlüsselband oder so etwas besorgen

müssen. Oder vielleicht so ein Ding, womit du sie an deinem Gürtel befestigen kannst. Das wäre super sexy."

Meine Assistentin verdreht die Augen. „Du bist vielleicht witzig. Sag mir einfach Bescheid, falls du sie findest. Ich kann Jim diese Woche nicht schon wieder anrufen, weil ich meine Schlüssel verloren habe."

Ich lächele, denn ich weiß ganz genau, dass Jim jeden Tag jederzeit vorbeikommen würde, um seiner Liebsten zu helfen. Ich widme mich wieder dem Tisch mit den Shirts und falte sie weiter zusammen, doch mein Blick bleibt an der Blondine haften. Sie starrt mich gerade an, als wäre ich ein Insekt, das es gewagt hat, an ihren Stöckelschuhen von Jimmy Choo hängenzubleiben.

„Kann ich Ihnen helfen?" Ich hebe eine Augenbraue. Entweder habe ich etwas im Gesicht oder diese Frau hat psychische Probleme. Vielleicht beides.

Die Frau scheint es nicht zu überraschen, dass ich sie beim Starren erwischt habe. Sie schaut nicht weg, sondern kneift die Augen zusammen. „Du bist nicht das, was ich erwartet hatte", murmelt sie.

Okay, jetzt wird das wirklich seltsam. „Wie bitte?"

„Nicht so wichtig. Eigentlich können Sie mir helfen." Jetzt bin ich einfach nur verwirrt. „Ja …?"

Die Frau raunt dem Hund in ihrer Tasche etwas zu, woraufhin er laut winselt. Ich würde ihr am liebsten sagen, dass Hunde im Geschäft nicht erlaubt sind, aber dann würde sie wahrscheinlich durchdrehen.

„Ich habe mir gerade diese Bluse angesehen, aber ich finde sie nicht in meiner Größe. Haben Sie die eventuell hinten im Lager in der Größe XS?"

Als ich die Brüste der Frau sehe, bezweifele ich, dass ihr die XS passen würde, aber diesen Kommentar verkneife ich mir. Ich weiß, dass wir diese Bluse nicht mehr im Lager haben, aber ein

Blick in das erwartungsvolle Gesicht dieser Frau genügt, um zu wissen, dass ich wenigstens so tun muss.

„Ich werde nachsehen, bin gleich wieder da."

„Keine Eile, danke." Sie holt ihr Telefon hervor und dreht mir den Rücken zu, als ich gehe.

Ich sehe mir den Bestand im Lager an und vergewissere mich, dass ich die Bluse nicht in ihrer Größe habe. Ich habe nur noch die im Geschäft. Als ich sehe, dass einige der Sachen im Lager durcheinandergeraten sind, räume ich ein bisschen auf, hauptsächlich, um die blonde Eiskönigin warten zu lassen.

„Es tut mir so leid, wir haben keine mehr auf Lager", sage ich, als ich in den Laden zurückkomme.

Die Frau wendet sich mir zu; sie war über die Kasse hinter der Ladentheke gebeugt, was extrem merkwürdig ist. Ich sehe Tanya an, die nur mit den Schultern zuckt.

„Das ist schade", sagt die Frau und steckt ihr Telefon wieder in ihre – was *ist* das Ding eigentlich, eine Hundetasche? Sie schiebt ihre Unterlippe vor. „Sie hat mir so gefallen und ich hätte sie sehr gern getragen. Meine Größe ist in Geschäften jedes Mal aus. Ist es nicht so, Bertie?" Der Hund gibt keinen Laut von sich. Wahrscheinlich ist er vor Langeweile gestorben, weil er in der Tasche festsitzt.

„Tja, lassen Sie mich wissen, falls sie sonst noch Hilfe brauchen."

„Oh, wir müssen gehen. Ich wollte mir hier nichts weiter ansehen. Und tschüss." Sie winkt, ihre Fingernägel blutrot, und stürmt aus dem Laden.

„Das war seltsam." Tanya wirft mir einen Blick zu. „Und hier kommen viele komische Leute vorbei."

„Ja, war es. Hast du gesehen, warum sie sich so über die Theke gebeugt hat?"

„Nein, ich kam gerade von meinem Auto zurück. Ich habe die Schlüssel draußen fallen lassen, sie lagen unter meinem Auto. Schon komisch, oder?"

Ich sage nichts dazu, hauptsächlich, weil ich das Gefühl habe, dass diese Frau wiederkommen wird, um noch mehr Ärger zu machen. Als Tanya meinen Namen wiederholt, schüttele ich das Gefühl ab und sage mir, dass ich mir das alles nur einbilde.

Lass uns heute Abend etwas trinken gehen.

Die Nachricht von Caleb kommt an, als ich gerade Feierabend machen will, und ich bin so dumm und freue mich darüber. Fast will ich ihm sofort antworten, doch ich zwinge mich, nicht so schnell zurückzuschreiben, als hätte ich darauf gewartet, dass er sich bei mir meldet.

Sicher. Wo und Wann?

Caleb meint, er hole mich ab, und das sollte ich wahrscheinlich nicht zulassen. Stattdessen gebe ich ihm am Ende meine Adresse, weil ich ganz offensichtlich die Königin der schlechten Entscheidungen bin.

Er holt mich um acht Uhr ab, und als ich ihn auf meiner Türschwelle sehe, schmelze ich fast dahin. Caleb trägt perfekt gebügelte Slacks und ein Hemd, das ein Stück seiner gebräunten Brust zeigt, und ich könnte ihn glatt vernaschen, so wie er aussieht. Er grinst, als er mich sieht, doch das Grinsen verwandelt sich in einen heißen Blick.

„Sieh dich an, Süße. Wunderschön." Er nimmt meinen Arm und dreht mich herum. „Wenn ich es nicht besser wüsste, würde ich denken, dass du die Drinks überspringen und mich hereinbitten möchtest, damit ich dich ausziehe und dich verführe."

Ich werde rot. „Benimm dich." McQueen nutzt diesen Moment, um Caleb um die Knöchel zu schleichen, sein flauschiger Schwanz hinterlässt vermutlich lauter Haare auf seiner Hose.

Caleb bückt sich und hebt meinen Kater hoch, der so laut zu

schnurren anfängt, dass man ihn vermutlich meilenweit hören kann. „Wer ist das?", fragt er und streichelt McQueens Kopf.

„McQueen. Normalerweise ist er Fremden gegenüber schüchtern." Ich werfe meinem Kater einen bösen Blick zu, doch er ignoriert mich.

„Ich kann gut mit Katzen." Calebs Finger gleiten über das Fell der Katze, woraufhin ich nur daran denken kann, wie diese Finger über *meinen* Körper glitten.

„Okay, Zeit zu gehen." Ich nehme die Katze, setze sie auf den Boden und scheuche Caleb die Treppe hinunter. Ich weiß, wenn er noch eine Sekunde länger den Kater streichelt, werde ich mit ihm im Bett landen. Zum dritten Mal.

Das wäre allerdings nicht besonders schlimm, nicht wahr?

Caleb lässt mich allerdings nicht so leicht davonkommen. Er nimmt meine Handgelenke und drückt mich mit einer schnellen Bewegung, die mir den Atem raubt, gegen die Haustür und küsst mich. Mein Körper schmilzt dahin, als seine Zunge in meinen Mund gleitet, und seine Hände wandern meinen Körper hinab und legen sich auf meine Taille. Mir ist es sogar egal, dass meine Nachbarn uns beim Küssen beobachten können. Gerade, als ich meine Arme um seinen Hals legen will, um nie wieder loszulassen, unterbricht er den Kuss.

„Lass uns gehen", ist alles, was er sagt.

Ich bleibe auf meiner Türschwelle stehen, schwer atmend und schrecklich angeturnt, und frage mich, ob Mord eigentlich illegal ist. Wenn es um Mistkerle wie ihn geht, sollte das erlaubt sein!

Calebs Augen leuchten, als wir zur Bar fahren. „Ein bisschen heiß und aufgewühlt, Süße?", fragt er, nachdem wir ein paar Meilen schweigend zurückgelegt haben.

„Warum denn? Weil du vor meiner Tür standst?" Ich verdrehe die Augen und weigere mich, den Kuss zu erwähnen. „So oft, wie ich dir sage, wie arrogant du bist, habe ich das Gefühl, dass meine Platte einen Sprung hat."

„Habe ich dir schon gesagt, wie toll du aussiehst? Du siehst nämlich wirklich toll aus. Wenn wir nicht gerade auf dem Highway wären, würde ich rechts ranfahren und dir ganz genau zeigen, wie toll."

Ich werde knallrot. „Achte auf die Straße, Casanova. Ich will nicht in einen Unfall verwickelt werden, weil deine Libido dein Hirn überwältigt hat."

Er lacht einfach nur, dieser Idiot.

Wir erreichen eine protzige Bar, in der oft Stars und andere Berühmtheiten verkehren. Obwohl mir bewusst ist, dass ich in der Modebranche arbeite, bin ich immer noch aus dem Häuschen, wenn ich jemand Berühmten sehe. Caleb betritt allerdings den Laden, als würde er ihm gehören, und das überrascht mich nicht.

Wir bestellen unsere Drinks – ich nehme ein Glas Wein, während Caleb Whiskey bekommt – und da wird mir klar, dass das hier garantiert jeder für ein Date halten würde. Mein Körper wird heiß und meine Haut prickelt. Mein Herz klopft, als ich mich frage, ob er es als Date ansieht.

„Hast du das entworfen?" Er deutet auf mein Kleid.

Ich blicke an mir herunter, als wüsste ich plötzlich nicht mehr, was ich trage. „Oh, ja, das habe ich", stammle ich. „Es ist für meine nächste Kollektion."

„Ich verstehe, warum Rebecca dich in ihrem Magazin haben wollte."

Ich grinse von einem Ohr zum anderen. „Danke."

Er kann nicht anders, als mich anzulächeln, dann schüttelt er den Kopf. „Ich hätte es wissen müssen. Ich hätte dir einfach von Anfang an Komplimente für deine Arbeit machen sollen. Dann hättest du es nicht die ganze Zeit auf mich abgesehen."

„Hey, also ich war nicht diejenige, die –"

Er hält eine Hand hoch. „Ich weiß, ich weiß. Ich habe es versaut. Ich habe viele schreckliche Dinge getan. Ich bin der schlimmste aller Bösewichte. Und so weiter und so fort." Sarkastisch hebt er eine Augenbraue. „Habe ich etwas vergessen?"

„Du hast arrogant, selbstverliebt, aufgeblasen und unhöflich vergessen." Ich zähle die Adjektive mit den Fingern mit. „Gedankenlos, überheblich …"

Er knurrt mich an und nimmt meine Hand. „Schon kapiert, Süße. Ich bin ein schrecklicher Mensch."

Ich bin froh, dass du dir das eingestehen kannst", sage ich zuckersüß.

Dafür knabbert er an meinem Finger. Ich muss ein Quietschen unterdrücken.

Es ist lächerlich, aber mein Herz hüpft, wenn wir so flirten und uns necken. Wenn wir nicht gerade streiten, sind wir gut zusammen. Wir bringen einander zum Lachen. Wir haben Spaß miteinander. Und wir können über Kunst und Mode und alles andere reden, das uns im Leben wichtig ist.

Ich sollte da nicht mehr hineininterpretieren. Ich sollte mir nicht mehr erhoffen. Ich weiß bereits, dass ich keine Karriere und Beziehung gleichzeitig haben kann. Ich werde mir das Herz nicht noch einmal brechen lassen.

„Willst du noch ein Glas Wein?", fragt er mich, als ich das zweite Glas ausgetrunken habe. Ich sollte wirklich nicht und schüttele den Kopf. „Wenn du mich hier nicht raustragen willst, sollte ich es lieber lassen."

„Als ob ich mich darüber beschweren würde. Dich über meinem Arm hängen zu haben, dein Arsch so nah an meinem Schwanz –"

„Sei still!", murmele ich, obwohl ich ehrlich gesagt lauter rede als er. „Willst du, dass das jeder hört?"

Er kneift die Augen zusammen und wirft mir einen Blick zu, der sagt, *ja, das will ich.*

Er beugt sich vor und flüstert mir ins Ohr: „Wenn es nach mir ginge, würde ich dich gleich hier auf dem Tisch nehmen. Ich würde dir dein Kleid über die Hüften nach oben schieben, bis ich dich sehen könnte, und dann würde ich deine süße Muschi kosten und dich lecken, bis du meinen Namen schreist. Es wäre mir egal, dass alle anderen zusehen."

Jetzt stehe ich regelrecht in Flammen. Ich schlage die Beine übereinander, doch das hindert das pulsierende Blut auch nicht daran, direkt in meine Vulva zu strömen. Wenn Caleb mich jetzt berühren würde, würde er merken, wie feucht ich bin. Er sieht mir ins Gesicht und weiß es genau.

„Hast du deine Zunge verschluckt?" Er grinst mich an.

Ich möchte einmal nicht diejenige sein, die überrumpelt wird. Einmal möchte ich ihn überraschen. Bevor ich die Nerven verliere – oder mich frage, ob es nur am Alkohol liegt –, nehme ich seine Lippen mit meinen gefangen und küsse ihn vor allen Leuten in der Bar. Ich lecke seine Lippen ab und schmecke den Whiskey auf seinen Lippen, und als er stöhnt, weiß ich, dass ich ihn habe.

Ich lächele, als er meinen Kuss erwidert.

KAPITEL SECHZEHN

Caleb

Heather schmeckt nach dem Wein, den sie getrunken hat, und das ist berauschend. Ich bin gerade dabei, den Kuss in etwas anderes zu verwandeln, als ich ein Räuspern hinter mir höre.

„Sir, kann ich Ihnen noch etwas zu trinken bringen?"

Ich blicke über meine Schulter, um unseren Kellner zu sehen, der knallrot ist. Als ich mich im Restaurant umsehe und bemerke, dass uns alle anschauen, muss ich lachen.

„Nein, aber wie wäre es, wenn Sie uns die Rechnung bringen würden – und zwar schnell."

Als ich Heather zu meinem Mietshaus gebracht habe, bin ich mir nicht sicher, ob wir es bis nach drinnen schaffen. Meine Hände sind überall auf ihrem Körper und sie benimmt sich in meinen Armen wie eine Wildkatze. Sie beißt in meine Unterlippe und ihre Nägel graben sich in meine Oberarme, als könnte sie es nicht ertragen, mich loszulassen.

Ich lache heiser, bevor ich mich nach unten beuge, um sie hochzuheben. Sie quiekt.

„Lass uns das nach oben verlegen", knurre ich regelrecht, mein Schwanz ist so steif, dass ich gleich in der Einfahrt explodieren könnte. Heathers Gesicht ist rot, ihre Augen sind glasig.

Als wir das Schlafzimmer erreichen, befreie ich sie von ihren Sachen, während sie dasselbe für mich tut. Ich brauche sie nackt. Ich muss sie überall mit den Händen berühren, streicheln und in Besitz nehmen. Warum kann ich von dieser Frau nicht genug bekommen? Sie ist eine Sucht, von der ich nicht geheilt werden will.

Sie zieht mir mein Hemd über den Kopf und seufzt. „Du bist so lecker", sagt sie verträumt.

Ich muss lachen, hauptsächlich, weil ich weiß, dass der Alkohol ihr sämtliche Hemmungen genommen hat. Ich hebe ihr Kinn an und sehe ihr in die Augen. „Bist du dir sicher, dass du das willst?" Ich mag ein eingebildeter, arroganter Idiot sein, aber ich werde Heather nicht ausnutzen, wenn sie zu betrunken ist, um ja zu sagen.

Sie lächelt und bedeckt meine Hand mit ihrer. „Ich bin nicht betrunken. Nur ein wenig beschwipst." Sie springt vom Bett hoch und läuft in einer geraden Linie nach vorn, dabei überkreuzt sie ihre Füße und kommt kein bisschen aus der Balance. Sie wirft mir einen Blick über ihre Schulter hinweg zu und fragt mich, während sie es wiederholt: „Willst du, dass ich das Alphabet rückwärts aufsage?"

Ich grinse. „Süße, das kann ich sogar kaum, wenn ich nüchtern bin." Sie kichert und ich fasse nach ihrer Hüfte, um sie zurück auf das Bett zu ziehen.

Während sie mich ansieht, öffne ich vorsichtig den Verschluss an der Vorderseite ihres BHs. Sie fröstelt, als ich die Körbchen öffne und ihre Brüste entblöße. Ihre Nippel sind steife, leckere kleine Beeren und ich kann nicht anders, als an einem davon zu saugen.

Sie stöhnt. „Caleb ..."

Ich umkreise den Nippel mit der Zunge und sie windet sich.

Ich drücke sie fester auf das Bett, denn sie wird mir nicht entkommen. Nicht jetzt und auch sonst niemals. Ich widme mich ihrer anderen Brust mit der Hand und zwicke in diese Brustwarze, während ich an der anderen sauge. Wenn ich könnte, würde ich die ganze Nacht an ihren Brüsten saugen, weil sie so süß sind.

Doch ich muss alles von ihr küssen – und schmecken. Ich bewege mich an ihrem Körper hinab, lecke ihren Bauchnabel ab und streichele sie mit den Händen. Sie ist wie Samt und Seide, ihre Haut blass. Ich schiebe meine Finger unter das elastische Gummiband ihres Höschens, ziehe es herunter und werfe es weg.

Ich kann ihre Erregung riechen und reibe mich an ihr. Mein Schwanz steht kurz vorm Platzen, doch ich will sie zuerst zum Schreien bringen. Mehr als einmal. Ich will meinen Namen die ganze Nacht lang auf ihren Lippen hören.

Ich spreize ihre Beine, offenbare ihr pinkes, glänzendes Zentrum und mir läuft das Wasser im Mund zusammen. Mit ihren Beinen über meinen Schultern ist sie ein Fest für all meine Sinne. Ich lasse einen Finger durch ihre Spalte gleiten, fühle die Nässe, die sich dort bereits gesammelt hat, und höre sie tief einatmen. Ich spiele mit ihr, berühre sie nur, koste sie jedoch noch nicht. Sie ist wie eine Blume, die mich anfleht, und ich muss meine ganze Kraft aufbringen, um sie nicht einfach zu lecken und an ihr zu saugen wie an ihren Brustwarzen.

„Du bist wunderschön", murmele ich. Sie gibt einen Laut von sich und ich blicke auf, um zu sehen, dass sie rot wird. Doch sie hält mich nicht auf. Sie ist so eng, als ich nur einen Finger in ihr habe, und Schweiß sammelt sich auf meiner Stirn. Ich fingere sie vorsichtig und liebe es, wie feucht sie ist und welche Geräusche sie macht, während ich sie berühre. Nicht länger in der Lage, mich zurückzuhalten, nehme ich mir ihre Klitoris vor und verwöhne sie mit meiner Zunge. Sie stöhnt lang und tief.

Ich treibe Heather mit meinen Fingern und meinem Mund gleichzeitig in den Wahnsinn. Sie wiederholt meinen Namen immer und immer wieder wie ein Gebet, und weil ich will, dass es so lange wie möglich anhält, berühre ich ihre Klit nur noch ganz leicht. Fluchend packt sie meine Haare fester, doch ich lächele nur.

Ich könnte Heathers Muschi stundenlang lecken, wenn sie mich ließe.

Doch als sie mir ihre Hüften entgegenpresst und um mehr bettelt, kann ich nicht anders. Ich schiebe einen zweiten Finger in sie hinein, fange an, mich immer schneller und schneller zu bewegen und lecke ihre Klitoris mit jeder Bewegung meiner Finger. Heather bettelt immer weiter. Ich werde immer schneller und härter, ihre Nässe bedeckt meine Zunge.

Endlich explodiert sie und ruft meinen Namen. Ihr ganzer Körper bebt und ich spüre, wie sich ihre Scheide um meine Finger zusammenzieht. Ich beiße die Zähne zusammen. Ich bin so angemacht, dass ich kurz davorstehe, in meiner Hose zu kommen, und ich kann definitiv behaupten, dass mir das nicht passiert ist, seit ich als Teenager den *Playboy* meines Vaters gefunden habe.

Ich lecke sie sanft weiter und lasse sie von den Höhen ihres Orgasmus' herunterkommen. Sie seufzt und ihre Gliedmaßen werden schlaff.

Ich rutsche an ihrem Körper nach oben und sie lächelt, als sie ihre Arme um mich legt. Bei dieser kleinen Geste zieht sich mein Herz zusammen. Ich habe keine Ahnung, warum – warum mir diese Frau so unter die Haut geht. Mein Kuss wird heftiger.

Heathers Hände gleiten hinab zu meinem Gürtel und sie öffnet die Schnalle, bevor sie meine Jeans aufknöpft. Ich lasse sie spielen, lasse sie meinen Schwanz durch meine Jeans streicheln, und Herr im Himmel, es ist, als wäre mein Schwanz hart wie Stahl. Ich knirsche mit den Zähnen, während sie mich berührt.

„Verdammt, Süße." Ich beiße in ihre Schulter, als sie mich anfasst. „Du machst mich verrückt."

„Wirklich?" Sie fasst in meine Boxershorts und berührt

meinen nackten Schwanz. Diese kleine Berührung lässt mich fast aus der Haut fahren. Als sie mit dem Daumen über meine Eichel streicht, drücke ich ihre Hände weg.

„Genug gespielt." Ich entledige mich meiner Jeans und Boxershorts und drehe Heather mit einer raschen Bewegung auf den Bauch. „Unartige Mädchen werden bestraft, wenn sie mich necken."

Sie sieht mich mit geöffneten Lippen über ihre Schulter hinweg an. „Ist das so?"

Ich versohle ihr sanft den Hintern und sie quiekt. Ich versohle sie noch einmal kurz, bevor ich ein Kondom aus der Nachttischschublade hole, das Päckchen aufreiße und ächze, als ich mir den Gummi über den Schwanz ziehe.

Ich ziehe Heather auf die Knie, bevor ich mich hinter ihr positioniere. Mit einem Stoß schiebe ich meinen Schwanz in sie hinein. Das Gefühl lässt uns beide aufstöhnen.

Ihre Hüften umfassend, dringe ich in einem steten Rhythmus in sie ein, den Kopf lege ich in den Nacken. Sie ist so heiß und eng, dass ich die Zähne zusammenbeißen muss, um nicht sofort zu kommen. Es hilft auch nicht besonders, dass sie die ganze Zeit so atemlos stöhnt. Es macht mich verrückt.

Ich packe ihr Haar und ziehe sanft daran, um zu sehen, wie sie darauf reagiert. Sie protestiert nicht, sondern presst stattdessen ihren Arsch fester gegen mein Becken und treibt mich an.

„Du wirst für mich kommen. Du wirst so heftig kommen, dass du den Verstand verlierst. So heftig, dass du rufen und schreien wirst und dich jeder in dieser gesamten Nachbarschaft hören kann." Ich weiß nicht einmal mehr, was ich eigentlich sage: ich kann nur spüren, wie sich ihre Muschi langsam zusammenzieht, während ich ihre seidigen Haare in den Händen habe. Ich ziehe mit einer Hand fester daran, mit der anderen packe ich ihre Hüfte. „Komm für mich, Süße. Ich kann spüren, dass du nah dran bist."

Heathers Oberkörper ist bereits auf das Bett gefallen und sie hat ihr Gesicht im Kissen vergraben, während ich sie von hinten ficke. Sie steht kurz vor ihrem Orgasmus. Ich fühle es an meinem Schwanz. Doch ich muss sie endlich soweit bringen, denn ich drehe gleich durch. Ich nehme ihre Klit zwischen die Finger und reibe sie vorsichtig. Es braucht nur ein paar Berührungen, bis sie losgeht wie eine Rakete. Sie stöhnt in die Kissen und presst sich immer noch an mich, als könnte sie nicht genug bekommen, dann schreit sie auf.

Ich höre etwas, das wie ‚Caleb' klingt, was mich zum Grinsen bringt. Doch dann ächze ich, als mein Orgasmus einsetzt, während ich ein letztes Mal zustoße, bevor ihre Spalte mich vollkommen auslaugt. Ich komme und komme und ein paar Sekunden lang sehe ich schwarz. Ich bin in meinem ganzen Leben noch nie so heftig gekommen.

Ich kann danach nicht sagen, welcher Tag heute ist oder wie spät es ist oder wie ich heiße, verflucht. Ich breche neben Heather auf dem Bett zusammen, während wir um Atem ringen. Wir sind beide verschwitzt und errötet. Ich streiche ihr die Haare aus dem Gesicht, um ihre roten Wangen und ihre geöffneten Lippen zu sehen, während sie heftig atmet.

„Verdammt", sage ich, weil mir gerade nichts anderes einfällt.

Sie nickt. „Das kannst du laut sagen."

Nachdem wir uns ein wenig frisch gemacht haben, finde ich mich mit Heather im Bett wieder, die sich an mich kuschelt. Ich gebe zu, ich war nie ein Freund vom Kuscheln. Bei jeder Frau, mit der ich zusammen war, bin ich anschließend gegangen, es sei denn, wir hatten am Ende erneut Sex. Jedes Mal, wenn eine Frau versuchte, mich zum Bleiben zu bringen – normalerweise, um zu kuscheln, oder noch schlimmer, um zu reden – habe ich mich geweigert.

Doch heute Nacht halte ich Heather in den Armen und möchte nirgendwo hingehen. Ich wäre vollkommen zufrieden damit, sie bis in alle Ewigkeit hierzubehalten.

Was mir eine Heidenangst einjagt.

Heather ist ruhig, und als ich hinuntersehe, sind ihre Augenlider schwer. Sie versucht, wach zu bleiben, was bezaubernd ist, wenn ich ehrlich bin.

„Müde?" Ich berühre eins ihrer Augenlider.

Sie lächelt gähnend. „Es war ein langer Tag. Eine lange Woche. Ein langer Monat. Ich habe außerdem nicht gut geschlafen."

„Dann schlaf jetzt. Ich werde auf dich aufpassen." Ich weiß nicht, was in mich gefahren ist, dass ich so etwas sage, doch ich weiß, dass es stimmt.

Sie lächelt einfach noch breiter und kuschelt sich neben mir ein wie eine Katze, die nach Wärme sucht. Ich atme den Duft ihres Haares ein und streichele ihren Rücken. Es dauert nicht lange, bis sie eingeschlafen ist, und anschließend schlafe ich ebenfalls ein.

Als ich aufwache, ist Heathers Hintern an meinen Schoß gepresst und ich muss meine ganze Kraft aufwenden, um sie nicht aufzuwecken und eine neue Runde einzulegen.

Doch als ich die Ringe unter ihren Augen sehe, weiß ich, dass sie in letzter Zeit nicht gut geschlafen hat, deshalb lasse ich sie schlafen. Ich kann aber nicht anders, als meine Nase in ihrem Haar zu vergraben. Es riecht nach Rosen und ich kann nicht genug davon bekommen. Ich bin plötzlich von blonden Haaren wie ihren besessen – wie goldener Weizen oder Bernstein.

Jedes Mal, wenn ich in letzter Zeit eine Frau sehe, die die gleichen Haare hat wie sie, denke ich an Heather, und mein Körper ist sofort in Alarmbereitschaft. Es ist lächerlich. Ich fühle mich wie der Pawlow'sche Hund. Doch während ich gerade meine Finger durch ihr Haar gleiten lasse, brumme ich in meiner Kehle, zuversichtlich und zufrieden.

Sie erwacht und dreht sich zu mir um. Mir fällt auf, dass sie auf der Nase mehr Sommersprossen hat als auf den Wangen. Ich liebe Sommersprossen, beschließe ich. Ich beuge mich zu ihr, um sie zu küssen, und sie lächelt, bevor sie den Kuss erwidert.

„Guten Morgen." Sie streicht mir die Haare aus der Stirn. „Wie spät ist es?"

Ich schiele auf die Uhr hinter ihr. „Kurz vor sieben Uhr."

„Ich sollte vermutlich gehen." Sie bewegt sich allerdings nicht und ich spiele weiter mit ihren Haaren.

Während ich mit Heather hier liege, kann ich nicht anders als zu denken, dass es so weitergehen soll. Ich war immer allein – das habe ich mir größtenteils so ausgesucht – doch nun frage ich mich, warum sich die Vorstellung, dass Heather endgültig geht, wie ein Splitter in meinem Herzen anfühlt.

Der Gedanke schießt mir so plötzlich durch den Kopf, dass ich eine Sekunde brauche, um ihn zu begreifen: warum machen wir es nicht offiziell?

Anfangs wehre ich mich gegen den Gedanken. Ich bin kein Typ für Beziehungen. Ich habe es versucht und es endete niemals gut. Am Ende hassen die Frauen meinen Arbeitsplan und wollen, dass ich öfter zuhause bleibe, während ich sie am Ende dafür hasse, dass sie versuchen, meine Flügel zu stutzen.

Doch ich weiß einfach, dass das mit Heather nicht geschehen würde. Ich lasse mir die Idee durch den Kopf gehen und verspüre das Bedürfnis, die Worte in der Stille des Morgens laut auszusprechen.

Ich spiele mit einer Strähne ihres Haares und sage: „Ich hatte in den letzten Wochen eine schöne Zeit mit dir. Abgesehen natürlich von der ganzen Streiterei."

Sie lacht leise. „Ja, die ganze Streiterei. Ich glaube, das ist unsere Art von Vorspiel."

Als sie das Wort Vorspiel erwähnt, beschließt mein Körper, wach zu werden. Schon wieder. Doch ich zwinge ihn, sich zu beruhigen, denn ich muss das loswerden.

„Wie wäre es, wenn wir das zwischen uns offiziell machen?"

Ich berühre ihr Haar weiter, wahrscheinlich, weil ich irgendwie davon besessen bin. Als ich ihr Gesicht sehe, versuche ich, die Stimmung zu heben. „Ich meine, wir können sogar unseren Beziehungsstatus auf Facebook aktualisieren und alles."

Ich warte darauf, dass sie lächelt oder lacht oder ja sagt. Doch sie sagt gar nichts. Ich beobachte, wie die Farbe aus ihrem Gesicht weicht und die Sommersprossen sich stärker von ihren Wangen abheben.

Ich berühre ihre Wange. „Jetzt machst du mir Angst."

Sie schüttelt den Kopf und setzt sich auf. „Es ist nichts. Mir ist nur gerade eingefallen, dass ich weg muss. Ich habe heute Morgen ein Meeting, zu dem ich nicht zu spät kommen darf." Sie steht auf und fängt an, sich anzuziehen.

Ich stütze mich auf den Ellbogen auf und beobachte sie verwirrt. Mein Magen zieht sich zusammen. *Bin ich zu schnell gewesen? Aber sie schien ganz sicher genauso verrückt nach mir zu sein wie ich nach ihr. Sie ist in meinen Armen eingeschlafen, Herrgott nochmal!*

Sie kommt mir so aufgewühlt vor, dass ich schließlich aufstehe und ihren Arm berühre. Sie zieht ihn weg.

„Hör mal, wir müssen das nicht tun", sage ich und versuche, der Sache auf den Grund zu gehen. „Wir können so weitermachen, wie wir es bisher getan haben, was immer das auch bedeuten mag. Ich dachte einfach, du hättest gern mehr als so eine Freundschaft mit gewissen Vorzügen."

Sie presst die Lippen zusammen, als ich Freundschaft mit gewissen Vorzügen sage. Sie zieht ihre Schuhe an. „Weißt du, ich habe mir selbst gesagt, dass das nicht funktionieren wird. Und weißt du was? Ich hatte recht."

Ich gehe einen Schritt zurück. „Was soll das denn heißen?"

„Es heißt genau das, was ich gesagt habe: das wird nicht funktionieren." Sie sieht sich suchend nach ihrer Tasche um, bevor ihr scheinbar einfällt, dass sie sie unten gelassen hat. „Ich muss gehen."

Sie eilt aus dem Zimmer nach unten und ich folge ihr, hauptsächlich, weil ich mich weigere, sie ohne jede Erklärung gehen zu lassen. Ich ergreife ihren Ellbogen, bevor sie sich davonmachen kann.

„Heather, warte. Können wir nicht darüber reden?" Als sie sich nicht rührt, lasse ich ihren Arm los, doch sie sieht mich nicht an. „Hör zu, wir müssen nichts machen. Wir können weiterhin einfach nur Sex miteinander haben, wenn du das willst. Ich weiß aber einfach, dass die meisten Frauen normalerweise nicht darauf stehen."

Sie wirbelt herum. „Weil du Experte für Frauen und für das bist, was *ich* will? Du bist dermaßen eingebildet, Caleb." Sie richtet ihren Finger auf meine Brust. „Was ist, wenn du anfängst, mich zu hassen, weil ich ständig arbeite? Wenn du beschließt, dass ich lieber zuhause bleiben und dir Abendessen machen sollte, anstatt meine Karriere zu verfolgen?"

Ich starre sie verdutzt an. „Wann habe ich jemals so etwas gesagt?"

„Das musst du gar nicht. Wenn du die Frauen kennst, dann kenne ich die Männer. Ich weiß, dass sie von jeder ihrer Freundinnen erwarten, dass sie sich in erster Linie nach ihnen richten. Und weißt du was? Das werde ich nicht tun. Nicht dieses Mal."

Ich will sie gerade fragen, was letztes Mal passiert ist, als sie sich ihre Tasche schnappt und aus dem Haus stürmt.

Ich folge ihr nach draußen. Sie reibt sich in der kühlen Morgenluft die Arme.

„Soll ich dich fahren?", frage ich sie, weil sie so miserabel aussieht, während sie dasteht und auf ein Taxi wartet.

„Lass mich in Ruhe, Caleb. Lass mich einfach in Ruhe. Es ist vorbei. Ich werde für keinen Mann ändern, wer ich bin."

Wut sammelt sich in meinem Inneren und ich kann die Worte, die aus meinem Mund kommen, nicht zurückhalten. „Na gut, lauf weg. Aber ich hoffe, dass dir dein kaltes Bett nachts gefällt, denn wir wissen beide, dass dein Stolz dich nachts nicht wärmen wird. Lauf zurück in deinen Laden und sag dir, dass das, was wir hatten, nichts war. Ich werde dich nicht aufhalten."

Sie atmet tief ein und ihre Wangen röten sich. Sie sieht aus, als würde sie mich am liebsten ohrfeigen, und wir werden beide von einem Taxi gerettet, das am Bordstein anhält.

Sie verabschiedet sich nicht, bevor das Taxi losfährt.

KAPITEL SIEBZEHN

Heather

„Kannst du ein Stück nach links gehen? Ja, weiter … genau dahin. Perfekt." Caleb hebt seine Kamera, fängt an, Bilder zu machen und leitet die Models an, ohne zu zögern.

Während ich an der Seite stehe und alles beobachte, muss ich mich zurückhalten, um nicht mit den Zähnen zu knirschen. Es ist zwei Wochen her, seit ich Caleb das letzte Mal gesehen habe – an diesem schrecklichen Morgen, als er mich gefragt hat, ob ich es offiziell machen will – und obwohl wir einige Zeit getrennt waren, kann ich mich in seiner Gegenwart nicht konzentrieren. Er sieht so gut und gelassen aus. Ich muss mich einfach fragen, ob meine Ablehnung ihm etwas ausgemacht hat.

Als er in meine Nähe kommt, treffen sich unsere Blicke. Seine Augen blitzen wütend auf und mein Herz hämmert. Doch er dreht sich wieder zu den Models um, ohne ein Wort zu sagen.

Okay, er ist also sauer. Ich kann es ihm nicht verübeln. Als er mich mit dieser Frage überfallen hat, war ich so überrascht, dass ich nicht sehr gut reagiert habe, das weiß ich. Ich bin ausgeflippt.

Ich habe an Bo gedacht, wie er mich abserviert hat, und die Vorstellung, dass Caleb dasselbe tun könnte, war so unerträglich, dass ich dachte, es sei besser, es endgültig zu beenden.

Jetzt weiß ich, was für eine dumme Entscheidung das war. Ich hätte ihn wenigstens erklären lassen sollen, wie er das gemeint hat. Aber nein, ich habe ihm praktisch gesagt, er solle sich zum Teufel scheren, und bin ohne einen Blick zurück davongelaufen. Bei dem Gedanken daran unterdrücke ich ein Ächzen.

„Die nächsten Models, bitte. Ja, du und du. Alle auf ihre Plätze, bitte." Caleb überprüft die Beleuchtung und die erste Pose der Models und ich muss zugeben, dass er unsere Vorstellungen wunderbar vereint hat. Ich habe nicht länger das Gefühl, dass meine Designs durch das Shooting verlorengehen.

Nachdem ich an jenem Morgen vor Caleb geflüchtet war, haben wir kurz miteinander gemailt, um das bevorstehende Shooting zu besprechen. Seine Antworten waren professionell, wenn auch ein wenig kurz angebunden, doch seitdem haben wir uns weder geschrieben noch miteinander gesprochen. Ich habe ihn vermisst – das gebe ich zu. Nachts träume ich von seinen Küssen und seinem Lächeln.

Wenn ich ihn jetzt ansehe, tut mir das Herz weh.

„Geht es dir gut?" Tanya berührt mich am Arm. Ich habe ihr von Caleb und mir erzählt, als sie mich irgendwann letzte Woche weinend im Laden vorgefunden hat.

Ich zucke mit den Schultern. „So gut, wie ich erwartet hatte. Bist du mit der Inventur fertig?"

Glücklicherweise kommentiert sie meinen Themenwechsel nicht. „Bin ich, die Liste liegt auf deinem Schreibtisch, willst du sie gleich haben?"

„Nein, das ist in Ordnung. Aber danke." Mein Blick wandert wieder zu Caleb, als könnte ich nicht aufhören, ihn zu beobachten.

„Er ist ein toller Fotograf", murmelt Tanya.

Ich seufze nur. „Ja, das ist er."

Als ich ihm jedoch weiter beim Fotografieren zusehe, kommen die hässlichen Erinnerungen daran, wie Bo mit mir Schluss gemacht hat, wieder hoch. *Du liebst mich nicht genug, oder?,* schrie er mich an unserem letzten gemeinsamen Tag an. *Du liebst deine Karriere mehr. Gib es zu! Wir wissen beide, dass es so ist.*

Diese Erinnerungen geben mir die Entschlossenheit, Caleb nicht nachzugeben und es offiziell zu machen. Wir können entweder unsere Affäre fortsetzen oder es komplett beenden. Das, was wir haben, was immer es auch sein mag, in eine Beziehung umzuwandeln, wäre ein riesiger Fehler. Außerdem ist Caleb bekannt für seine Playboy-Vergangenheit und ich weiß genauso gut wie jeder andere, wie viele Kerben er in seinem Bettpfosten hat.

Rebecca spricht kurz mit mir über das Shooting, doch ich höre kaum, was sie sagt. Ich bin vollkommen auf Caleb fixiert.

Warum bekomme ich ihn nicht aus dem Kopf – und dem Herzen?

Als sich der Tag dem Ende zuneigt, gehe ich nach hinten, um einen Augenblick meine Ruhe zu haben. Caleb so nah zu sein, war schmerzhafter, als ich erwartet hatte. Ich drücke die Stirn gegen die Wand und atme tief ein. *Es ist fast vorbei,* sage ich mir. *Wenn der Tag vorüber ist, wirst du ihn nie wieder sehen müssen.*

„Bist du krank oder so?"

Ich drehe mich um und sehe Caleb direkt hinter mir stehen. Er mustert mich von oben bis unten.

„Was? Nein, mir geht es gut." Ich versuche, an ihm vorbeizugehen, doch er lässt mich nicht.

„Also wirst du mir von nun an einfach aus dem Weg gehen?"

Ich weigere mich, ihn anzusehen. Wenn ich ihn ansehe, werde ich nachgeben. „Ich denke, das ist für uns beide das Beste."

„Blödsinn."

Ich zucke zusammen. Ich blicke zu ihm hoch und frage leise: „Was willst du von mir?"

„Ich will den Grund von dir wissen, warum du an jenem

Morgen vor mir weggelaufen bist. Und ich will nichts von diesem Unsinn hören, dass du dich aufgrund deiner Karriere gegen eine Beziehung entscheiden musst. Wir wissen beide, dass das nur eine faule Ausrede ist."

Ich bin empört. „Nur, weil du dich für einen Sexgott hältst, heißt das noch lange nicht, dass jede Frau mit dir zusammen sein will. Und jetzt lass mich gehen. Ich habe dir nichts mehr zu sagen."

Ich spüre die Anspannung, die von seinem Körper ausgeht, und als er mich küsst, bin ich nicht einmal überrascht. Er küsst mich heftig, verletzt beinahe meine Lippen und ich erwidere den Kuss einfach. Ich kann nicht anders. Ich habe ihn vermisst und ich habe vermisst, dass er mich küsst. Aber ich weiß auch, dass es hier nur darum geht, dass er stinksauer ist, weil ich ihm nicht bereitwillig um den Hals gefallen bin. Er muss sich etwas beweisen und dieser Gedanke bricht mir das Herz noch mehr als ohnehin schon.

„Tu ruhig so, als wäre das zwischen uns beiden gar nichts", knurrt er. „Als hättest du nicht von dem Moment an, als ich heute deinen Laden betrat, gewollt, dass ich dich küsse."

„Dann sag du mir, dass du mich küssen willst, weil ich dir wichtig bin, Caleb." Ich schüttele den Kopf und gehe einen Schritt zurück. „Das bin ich nicht, Caleb. Hier geht es darum, dass du irgendein merkwürdiges Spiel gewinnen willst. Du bist sauer, weil ich nein gesagt habe. Tja, ich sage es noch einmal: Nein. Ich werde das nicht tun, weil ich weiß, dass es nicht funktionieren wird. Bitte lass mich in Zukunft in Ruhe."

Er zieht die Lippen kraus und sieht aus, als wollte er noch etwas sagen. Doch er dreht sich nur angewidert um und murmelt etwas vor sich hin.

Ich lasse die Schultern sinken. Das war es also. Es ist vorbei. Ich verlasse das Hinterzimmer und zwinge mich, so zu tun, als wäre nichts geschehen, aber es fällt mir schwer. Ich weiß, Tanya hat das Gefühl, dass etwas nicht stimmt, und dass Caleb zurück in den Laden kommt und sich benimmt wie ein zorniger Löwe, macht es auch nicht besser.

Es ist ein Wunder, dass ich es bis zum Ende des Shootings schaffe, ohne in Tränen auszubrechen. Als ich später an diesem Abend nach Hause komme, bin ich noch nicht mal an der Tür angekommen, als ich heftig anfange zu weinen.

An diesem Wochenende wandere ich benommen durch mein Apartment. McQueen miaut mich traurig an, er spürt, dass etwas nicht stimmt. Ich nehme ihn hoch und er schnurrt, das bringt mich nur noch mehr zum Weinen. Bis Samstagabend habe ich schließlich so viel geweint, dass ich mich frage, ob ich noch Tränen übrighabe.

„Ich bin so armselig", sage ich an diesem Abend zu McQueen, als ich mein zweites Glas Wein trinke und auf meinen Computerbildschirm starre. Ich hatte vorgehabt, etwas auf Netflix anzuschauen, aber ich kann mich auf nichts konzentrieren. Egal, wie sehr ich es auch versuche, es ist, als würde ich überall Caleb sehen: in einer Zahnpastawerbung, auf einer Werbetafel neben dem Highway in der Nähe meiner Wohnung, in jedem Modemagazin, an dem ich im Laden vorbeilaufe. Es ist unerträglich.

Ich fange an, mehrere Modeblogs durchzusehen, wie ich es normalerweise immer tue, hauptsächlich, weil ich versuchen will, mich zu konzentrieren. Ich darf nicht den Anschluss verlieren, nur weil ich ein gebrochenes Herz habe.

„Mal sehen, was bei *Fabulous Fashionista* los ist." Ich klicke mein Lieblingsblog an und scrolle langsam durch sämtliche Postings. Ich betrachte die Bilder von Modenschauen und Fotoshootings und hoffe, dass die Schönheit all dessen mich beruhigen wird. Ich fange an, einen Eintrag über die Trends des nächsten Jahres zu lesen, und nehme mir vor, sie noch ausführlicher zu recherchieren.

Ich will gerade den Laptop herunterfahren und schlafen gehen, als mein Blick auf einen Artikel fällt, der gerade erst über die Designerin Fiona Taylor veröffentlicht wurde. Ich habe noch nie mit ihr gearbeitet, aber schon viele Gerüchte gehört. Anscheinend ist sie ziemlich verrückt und ist intrigant, noch mehr als andere Leute in dieser Branche. Fiona hat außerdem ein paar unvergessliche Stücke und Kollektionen kreiert, und dafür wird sie für immer einen Fuß in der Tür haben.

Ich klicke den Link an, der mich zum gesamten Artikel weiterleitet, als mir in Anbetracht der Bildershow am Anfang der Seite der Atem stockt. Wie in Trance fange ich an, jedes Bild durchzugehen, und versuche zu begreifen, was ich da sehe. Ich sehe mir die Bildunterschrift an: *Kurze Vorschau auf Fiona Taylors neue Frühjahreskollektion.*

Bisher sind es nur Skizzen, obwohl eines davon definitiv ein Abendkleid ist, das noch nicht ganz fertig ist. Als ich dieses Abendkleid sehe, lasse ich fast mein Weinglas auf McQueens Kopf fallen. Ich stelle es rasch auf dem Couchtisch ab und nehme meine Katze von meinem Schoß. Ich muss mir dieses Kleid genauer ansehen.

Wenn ich es nicht besser wüsste, würde ich denken, dass Fiona Taylor meine Designs geklaut hat. Während ich dieses Kleid betrachte, bin ich mir sicher, dass sie genau das getan hat.

Das Abendkleid hat eine andere Farbe als meins – grün und nicht rot –, doch das Design ist insgesamt unverkennbar: lange Ärmel, Perlenstickereien entlang des Oberkörpers, Schrägschnitt, eine Mischung aus Chiffon und Satin. Da sind noch andere kleine Details, die dem Kleid, das ich entworfen habe, entsprechen, sodass ich weiß, dass es nicht nur ein Zufall ist.

Ich sehe die restlichen Bilder an und entdecke noch drei andere, die genau wie meine aussehen.

Ich klappe den Laptop zu, lehne mich an und starre ins Leere.

Warum sollte ausgerechnet Fiona Taylor meine Designs stehlen?

Ich klappe meinen Laptop wieder auf und suche online nach irgendetwas, das mir die Frage beantworten könnte. Zuerst erscheint ein Foto von Fiona und mein Herz bleibt stehen, als ich es ansehe.

Das ist die Frau, die in meinem Laden war. Da ich Fiona niemals kennengelernt habe, hatte ich keine Ahnung, wie sie aussieht, abgesehen davon, dass fast alle in der Branche dazu neigen, sich Schönheitsoperationen zu unterziehen, und dadurch irgendwie alle gleich aussehen. Ich sehe das Foto an und versuche, die Puzzleteile zusammenzusetzen.

Da erinnere ich mich daran, dass ich gesehen habe, wie Fiona sich über meine Ladentheke beugte. Hat sie dort die Designs gefunden? Ich schüttele den Kopf. Ich bin mir ziemlich sicher, dass ich mein Portfolio im Büro gelassen habe. Woher sollte Fiona überhaupt wissen, dass sie bei mir ein neues Portfolio finden würde? Ich bin ein Niemand in der großen Modewelt. Warum sollte sie überhaupt in mein Geschäft kommen?

Als sich schließlich ein Gesamtbild ergibt, habe ich das Gefühl zu ersticken.

Caleb. Es muss mit Caleb zusammenhängen.

Er ist der Einzige – neben Tanya –, dem ich meine Entwürfe gezeigt habe. Ich erinnere mich, wie er das Portfolio durchblätterte und mir Komplimente für die Skizzen machte. Damals glaubte ich, er sei einfach nett. Aber hatte er Hintergedanken dabei?

Ich fange an, nach Fiona Taylor und Caleb Johnson zu suchen, und hoffe inständig, dass sie sich niemals getroffen haben. Als ich einen Blogeintrag von vor über einem Jahr mit einem Foto von Fiona und Caleb finde mit der Überschrift *Das nächste heiße Paar?* sehe ich rot.

Es ist nicht so, dass ich von ihm erwartet hatte, dass er mir von allen Frauen erzählt, mit denen er geschlafen hat. Doch die Tatsache, dass sie einmal zusammen waren und eine Verbindung haben, ist der Beweis, dass er etwas damit zu tun haben muss, dass Fiona meine Designs gefunden und für sich selbst genutzt hat. Fiona hätte sie auf keinen Fall anderweitig finden können.

Ich habe das Gefühl, dass mir schlecht wird. Ich klappe meinen Laptop endgültig zu, nehme mein Weinglas und leere es in einem Zug. McQueen setzt sich wieder auf meinen Schoß, massiert meine Schenkel mit seinen Pfoten und schnurrt dabei, ohne etwas davon zu ahnen, wie flau mir im Magen ist.

Ich habe mir gesagt, dass es eine schlechte Idee sei, etwas mit Caleb Johnson anzufangen, und nun sieht man, was es mir gebracht hat. Eine andere Designerin hat meine Entwürfe gestohlen und Caleb ist höchstwahrscheinlich derjenige, der es ihr ermöglicht hat.

Ich bin mittlerweile so wütend, dass ich meine ganze Selbstbeherrschung aufwenden muss, um nicht aus dem Haus zu stürmen und direkt zu Caleb zu fahren, um zu erfahren, was zur Hölle mit ihm nicht stimmt. Stattdessen zwinge ich mich, sämtliche Fakten zu überdenken und nicht voreilig zu handeln. Das hält mich jedoch nicht davon ab, vor Wut zu zittern, und am Ende streichele ich McQueen so heftig, dass er beleidigt von meinem Schoß springt und mir einen mürrischen Blick zuwirft.

„Tut mir leid, McQueen, ich raste gerade irgendwie aus."

Dieser Kater wirft mir nur einen weiteren Blick zu, der sagt, *Menschen sind ziemlich dämlich*, und fängt an, sein Fell zu lecken.

Ich bekomme in dieser Nacht kein Auge zu. Ich wälze mich hin und her und versuche zu verstehen, warum Caleb so etwas tun sollte.

Als ich am nächsten Morgen eine Nachricht von ihm bekomme, als hätte er nichts getan, verliere ich schließlich die Kontrolle. Ich sammele meine Sachen zusammen, stürme aus dem Haus und mache mich geradewegs auf den Weg zu Caleb, um ihn zu konfrontieren.

KAPITEL ACHTZEHN

Caleb

Ich hätte ihr nicht schreiben sollen. Ich weiß, ich sollte sie in Ruhe lassen. Aber ich kann nicht – nicht mehr. Ich schicke ihr eine kurze Guten-Morgen-SMS, bekomme aber keine Antwort. Das überrascht mich nicht. Ich weiß, dass Heather ihre Mauern hochgezogen hat, und ich werde mich sehr bemühen müssen, damit sie sie wieder einreißt.

Ich will mir gerade eine Tasse Kaffee einschenken, als es an der Tür klopft. Einen flüchtigen Moment lang frage ich mich, ob es wohl Fiona ist, die mich zum dritten Mal quälen will, doch zu meiner Überraschung ist es Heather.

Mein erster Instinkt ist, sie zu küssen, doch ein Blick in ihr Gesicht reicht aus, um zu wissen, dass sie mich dafür umbringen würde. Eine Sturmwolke schwebt über ihrem Kopf und sie sieht aus, als würde sie jeden Augenblick platzen.

„Möchtest du reinkommen?" Ich mache die Tür weit auf.

Sie stürmt regelrecht hinein und ich folge ihr, als sie ins Wohnzimmer geht.

„Willst du Kaffee?" Ich höre keine Antwort von ihr, aber ich brauche Koffein, um mit dem, was hier los ist, klarzukommen, was immer es auch sein mag. Ich schenke mir eine Tasse ein und bringe ihr sicherheitshalber auch eine mit. Vielleicht braucht sie auch einfach ein bisschen Koffein.

Ich reiche ihr die Tasse, doch sie sieht sie einfach nur an, als hätte ich ihr einen Becher Gift gegeben.

„Okay, was ist los?" Ich sehe, dass ihre Unterlippe bebt. Hat ihr jemand wehgetan? Bei dem Gedanken kocht die Wut in mir hoch. Ich werde jeden umbringen, der versucht hat, sie zu verletzen.

„Du hast wirklich keine Ahnung?", kontert sie in feindseligem Tonfall. Sie setzt sich auf die Couch und stellt den Kaffee vor sich auf dem Tisch ab.

Ich setze mich neben sie, fordere mein Glück allerdings nicht mit dem Versuch heraus, sie zu berühren. „Ich habe viele Fähigkeiten, Süße, aber Gedankenlesen gehört nicht dazu." Meine Stimme trieft regelrecht vor Sarkasmus und Heather kneift die Augen zusammen.

„Dann werde ich dir auf die Sprünge helfen: Fiona Taylor, meine Entwürfe. Na, klingelt es?"

„Was zur Hölle hat Fiona mit deinen Entwürfen zu tun?" Ich stehe vollkommen auf dem Schlauch. Soweit ich weiß, hatte Fiona noch nie etwas von Heather gehört, bis ich ihr erzählt habe, dass ich ihre Kollektion fotografiert habe. Abgesehen davon bezweifele ich, dass es Fiona auch nur annähernd interessiert, dass Heather existiert.

„Sie hat alles Mögliche mit meinen Entwürfen zu tun. Weißt du, gestern Abend habe ich im Internet gesurft, und stell dir vor, wie überrascht ich war, als ich ein paar von Fionas neuesten Entwürfen gesehen habe, die fast exakte Kopien von meinen sind. Kopien der Designs, die *du* gesehen hast." Sie fasst in ihre Handtasche und holt ihr Handy heraus. Sie gibt mir das Telefon mit besagter Webseite und ich sehe mir die Fotos an.

Ich erkenne die Designs sofort wieder. Ich hebe die Augenbrauen und sage dummerweise: „Du bist also stinksauer auf mich, weil Fiona ein hinterhältiges Miststück ist? Ich weiß nicht so recht, ob ich deine Logik verstehe, Süße."

Ich kann sie regelrecht fauchen hören. „Hör auf, so zu tun, als hättest du keine Ahnung, was hier vor sich geht. Du bist der Einzige, der diese Entwürfe gesehen hat. Du bist der Einzige, der Fiona anschließend davon hätte erzählen oder sie ihr sogar hätte zuspielen können."

Ich starre sie an. Und dann breche ich in Gelächter aus, denn das ist die einzige Reaktion, die mir in dem Augenblick in den Sinn kommt. Die Vorstellung, dass ich versuchen sollte, Heather für jemanden wie Fiona zu hintergehen, ist lächerlich.

„Du glaubst also, ich habe deine Designs nicht nur gefunden, sondern sie auch noch irgendwie an Fiona geschickt, damit sie sie nutzen kann? Hast du völlig den Verstand verloren?"

Heathers Wangen röten sich und sie bebt vor Wut. „Wie sollte es sonst sein? Wir wissen beide, dass du sauer warst, weil ich dich abgewiesen habe. Deiner Exfreundin meine Entwürfe zu geben, wäre die perfekte Rache."

Ich kann mir das nicht länger anhören. Ich stehe auf und fahre mir mit der Hand durch das Haar. Ich stehe ganz kurz davor, Heather zu schütteln, bis ihre Zähne klappern, doch ich balle die Hände zu Fäusten und atme tief ein.

„Du glaubst wirklich, dass ich so etwas tun würde?", frage ich leise. Ich fange ihren Blick auf und zwinge sie, mich anzusehen. „Du glaubst wirklich, dass ich so tief sinken würde?"

Sie beißt sich auf die Lippe, doch ich sehe, wie angespannt sie ist. „Es gibt keine andere Erklärung. Wie sollte es sonst gewesen sein?"

„Es könnte viele verschiedene Erklärungen geben!" Ich schreie sie regelrecht an. „Es hätte sonst wer sein können, der Fiona die Designs gegeben hat. Woher weißt du, dass es nicht einer deiner Mitarbeiter ist? Hm? Hast du sie alle gefragt, ob sie etwas damit zu tun haben?"

Heather steht auf. „Meine Mitarbeiter sind loyal. Sie würden mir so etwas niemals antun."

„Aber ich. Weil du weißt, dass ich so ein niederträchtiger Mistkerl bin – trotz allem, was bisher zwischen uns war – und deine Designs jemand anderem zuspielen würde. Und zwar jemandem, der niemals meine Freundin war und es auch nie sein wird, wenn ich das hinzufügen darf."

„Ihr hattet aber eine Beziehung miteinander. Das kannst du nicht abstreiten. Das habe ich ebenfalls im Internet herausgefunden."

„Wir haben einmal miteinander geschlafen! Danach habe ich mich von ihr ferngehalten, weil ich bemerkt habe, wie verrückt Fiona wirklich ist."

„Ganz meine Meinung."

Ich schüttele den Kopf, denn ich kann mir das nicht anhören. „Wenn ich gewusst hätte, dass du genauso verrückt bist wie Fiona, dann hätte ich dich auch gemieden", sage ich, bevor ich es mir anders überlegen kann.

Heather wird rot und ich sehe Tränen in ihren Augen. „Ich bin nicht verrückt", schluchzt sie. „Ich wollte es nicht glauben. Wie kommst du darauf, dass ich so etwas über dich denken wollte? Aber du bist der wahrscheinlichste Verdächtige. Das musst selbst du zugeben."

Ich ziehe sie heftig in meine Arme und ihr stockt der Atem. „Ja, ich bin vielleicht der mit dem offensichtlichsten Motiv", knurre ich, „wenn man davon ausgeht, dass ich ein Stück Scheiße bin, das eine Frau dazu zwingt, mit ihm zusammen zu sein. Dass ich mich an jeder Frau rächen würde, die mich abweist." Ich packe ihren Ellbogen und versuche, sie zur Vernunft zu bringen. „Außer, dass das die Geschichte ist, die du dir ausgedacht hast, nicht wahr? Denn du würdest aus Angst lieber verleugnen, was wir haben, und dir irgendeinen lausigen Grund einfallen lassen, warum das die beste Entscheidung ist, obwohl wir beide wissen, dass du einfach nur feige bist."

„Wie kannst du es wagen!" Sie zieht ihren Arm weg, aber ich lasse nicht los. „Ich bin nicht feige. Du bist feige, weil du mich anlügst!"

„Ich habe dich nie angelogen!", rufe ich. „Herrgott nochmal, Heather, ich liebe dich!"

Nach meiner Offenbarung starren wir einander an. Ich habe diese Worte niemals gedacht, aber nun, da ich sie endlich ausgesprochen habe, weiß ich sofort, dass sie wahr sind. Dass ich mich in dem Moment in diese verrückte, schöne, frustrierende Frau verliebt habe, als ich sie zum ersten Mal gesehen habe. Dass ich mehr von ihr will als nur einen Flirt. Dass ich sie niemals so verletzen würde, wie sie glaubt.

„Ich liebe dich", sage ich erneut und gehe einen Schritt weiter auf sie zu. „Ich liebe dich, obwohl du mich in den Wahnsinn treibst. Obwohl du das Schlechteste von mir denkst. Obwohl du glaubst, ich würde dich für jemanden wie Fiona Taylor betrügen, die höchstwahrscheinlich durch einen ihrer Spione von deinen Designs erfahren hat, oder vielleicht, um mir eins auszuwischen, weil ich *sie* abgewiesen habe." Ich umfasse Heathers Hinterkopf und vergrabe meine Hand in ihrem Haar. „Es gibt so viele andere Erklärungen, und dennoch würdest du sie lieber nicht sehen. Das ist leichter für dich, oder?"

Sie atmet ein, ihre Brust hebt und senkt sich und die Röte auf ihren Wangen lässt sie so wunderschön erscheinen, dass ich nicht anders kann. Ich beuge mich nach unten und küsse sie. Ich nehme ihre Lippen gefangen und küsse sie, bis ich ihr Stöhnen höre, das ich so sehr liebe. Während ich sie so fest in den Armen halte, dass ich mir vorstelle, wir wären ein Körper, zeige ich ihr ohne Worte, wie sehr ich sie liebe.

Doch der Kuss endet viel zu schnell. Sie drückt mich weg und wirbelt schwer atmend herum. Ich bin schon hart wie Stahl.

„Du kannst mich nicht einfach küssen, damit ich vergesse, was du getan hast", flüstert sie.

„Was ich deiner Ansicht nach getan habe", korrigiere ich sie. „Das ist ein großer Unterschied."

„Ich kann das nicht. Du hast nichts, um zu beweisen, dass du es nicht warst, abgesehen von deinem Wort. Und wir wissen beide, dass darauf noch nie besonders viel Verlass war, wenn man bedenkt, dass du dich geweigert hast, mir zu verraten, wer du bist, als wir uns kennengelernt haben. Und danach hast du mich in eine peinliche Situation gebracht."

„Das war nicht mit Absicht! Wie oft muss ich dir das noch sagen? Ich habe nicht nachgedacht." Ich will die Hand ausstrecken und sie berühren, aber ich weiß, dass sie das jetzt nicht zulassen wird. Sie hat diese Mauern um sich herum bereits geschlossen.

„Das behauptest du immer wieder. Aber nächstes Mal denkst du vielleicht lieber nach, bevor du das Leben anderer Menschen so durcheinanderbringst." Tränen laufen über ihre Wangen und ich muss meine ganze Selbstbeherrschung aufbringen, um sie nicht wegzuwischen.

„Das waren *meine* Designs, Caleb. Designs, an denen ich so hart gearbeitet habe, dass ich sie nach dem Shooting Rebecca zeigen wollte. Aber wie könnte ich das jetzt tun? Wie komme ich gegen jemanden wie Fiona Taylor an? Niemand wird glauben, dass sie sie von mir gestohlen hat. Sie werden sagen, dass es andersherum war. Und es ist nicht so, dass ich meine Entwürfe mit einem Datum versehen habe oder so ähnlich. Ich hatte sie noch nicht mit Photoshop eingescannt, es gibt also auch keine elektronische Kennzeichnung."

Ich weiß gerade auch nicht weiter. Ich wünschte, ich könnte Fiona jetzt sofort suchen, sie an ihrem dürren Genick packen und erwürgen. Wie konnte sie es wagen, Heather zu bestehlen? Ich weiß tief im Inneren, dass Fiona das nicht nur getan hat, um mir eins auszuwischen, sondern auch, um Heather zu schaden.

Fiona ist sich ihrer eigenen Macht in dieser Branche viel zu stark bewusst, und ich bin mir sicher, sie dachte, dass sie niemand, der bei Verstand ist, deshalb anschwärzen würde.

Zu dumm, dass sie sich da getäuscht hat. Denn ich werde der Sache auf den Grund gehen und Heather beweisen, dass ich damit nichts zu tun habe.

„Ich liebe dich, Heather", sage ich erneut. Sie zuckt zusammen. „Zählt das denn gar nicht?"

„Das sagst du nur so", murmelt sie.

„Ich habe in meinem ganzen Leben noch nie zu einer Frau gesagt, dass ich sie liebe. Denn das ist bisher noch nie passiert. Aber du – du warst anders. *Bist* anders. Ich will den Rest meines Lebens mit dir verbringen. Das ist nichts, das ich einfach so beiläufig sagen würde." Ich schließe die Augen und versuche, meine Balance zu finden. Ich fühle mich wie auf einem sinkenden Schiff, während ich zusehe, wie das Wasser immer höher steigt. „Aber du weigerst dich, mir eine Chance zu geben."

Jetzt rinnen die Tränen unaufhaltsam über ihr Gesicht. „Als mir das letzte Mal ein Mann gesagt hat, dass er mich liebt, hat er diese Liebe anschließend wie ein Schwert über meinen Kopf gehalten. Und warum sollte ich dich jetzt, da du mich an Fiona Taylor verraten hast, dasselbe tun lassen? Ich werde mich selbst nicht verlieren, weil ein Mann mir gesagt hat, er liebe mich." Sie wischt sich die Tränen vom Gesicht, doch sie fallen weiter. „Ich werde nicht noch einmal so dumm sein. Es ist vorbei, Caleb. Es ist endgültig aus und vorbei. Hör auf, mich zu kontaktieren."

Sie geht an mir vorbei und zur Haustür, bevor ich überhaupt etwas erwidern kann. Dieses Mal folge ich ihr nicht.

KAPITEL NEUNZEHN

Heather

Es ist drei Monate her, seit ich Caleb gesehen habe. Drei Monate, seit ich sein Haus verlassen und mir die Augen ausgeweint habe, weil ich mir sicher war, dass er mich mit Fiona Taylor hintergangen hat. Als er danach nicht versucht hat, mich zu kontaktieren oder seine Unschuld zu beweisen, wusste ich, dass ich recht hatte. Dadurch habe ich mich allerdings auch nicht besser gefühlt. Mein gebrochenes Herz hat deshalb nur noch mehr wehgetan.

Nachdem Tage und Wochen vergangen waren, ohne dass ich etwas von ihm gehört hatte, wusste ich, dass ich ihn trotz allem liebte. Ich habe ihn geliebt. Ich liebe ihn immer noch. Ich wollte ihn niemals lieben, doch es ist passiert.

Nun ist Herbst und ich versuche, mein Leben wieder zu ordnen. Ich habe darüber nachgedacht, mich damit an Rebecca zu wenden, dass Fiona meine Entwürfe gestohlen hat, doch ich wusste, dass sie mir nicht glauben würde. Niemand würde das.

Ironischerweise war der Einzige, der mir geglaubt hat, Caleb selbst.

„Ich glaube, ich habe abgenommen", sage ich zu McQueen, als ich eine ältere Jeans anprobiere. Ich ziehe am Hosenbund und runzele die Stirn. Obwohl mir die meisten Leute in L.A. für meinen unbeabsichtigten Gewichtsverlust applaudieren würden, bin ich klar genug im Kopf, um zu sehen, dass ich ziemlich abgemagert aussehe. Ich habe durch pure Verzweiflung abgenommen, wenn ich ehrlich bin. Und das sieht man jetzt definitiv auch.

McQueen lässt neben mir seinen Schwanz durch die Luft wirbeln und beobachtet mich mit seinen hellgelben Augen. McQueen und ich haben in letzter Zeit sehr viel Zeit miteinander verbracht, weil ich mit keinem meiner Freunde in der Stadt ausgehen wollte. Ich will einfach zuhause bleiben und versuchen, mein gebrochenes Herz zu heilen, obwohl bisher nichts funktioniert hat.

Tanya wollte, dass ich mich mit einem Freund von ihr zu einem Date verabrede, doch ich weigere mich. Was soll das bringen? Ich bin immer noch in Caleb verliebt. Das wäre jedem Mann gegenüber unfair, mit dem ich ausgehe.

„Ich schätze, von nun an gibt es nur noch uns beide, was?" Ich strecke die Hand aus und kraule McQueen hinter den Ohren. Er schnurrt müde.

Ich ziehe meine Jeans aus und nehme mir stattdessen eine Jogginghose. Meine fehlende Motivation, irgendetwas zu tun, ist wirklich erbärmlich. Vielleicht habe ich bis Ende des Monats wieder genug Energie, um mich aufzuraffen.

Ich suche gerade etwas auf Netflix, als mein Telefon klingelt. Es ist Rebecca von der *Bella*. Nach der Wiederholung des Shootings hatten wir ab und zu Kontakt, aber nachdem die Verbesserungen genehmigt waren und ich mir die Seiten für das Magazin selbst angesehen hatte, habe ich nichts mehr von ihr gehört. Natürlich waren wir auch nicht die besten Freundinnen oder so etwas.

„Hier ist Heather", sage ich, als ich rangehe.

„Heather, gut, dass Sie rangegangen sind." Rebecca spricht in ihrem gewöhnlich nüchternen Tonfall, forsch und effizient. „Haben Sie die neueste Ausgabe von *Bella* schon gesehen?"

Einen Moment lang bin ich verblüfft. Die Ausgabe mit meinem Shooting wird erst in einem Monat erscheinen, also war ich noch nicht dazu gekommen, mir die *Bella*-Ausgabe anzusehen, die momentan auf meinem Küchentisch liegt. „Nein, habe ich noch nicht", sage ich und frage mich, ob aus Rebecca eine Art Telefonverkäuferin ihres Magazins geworden ist.

„Dann sollten Sie das nachholen, so schnell wie möglich. Bis bald."

Bevor ich antworten kann, legt sie auf. Ich starre einen Moment auf mein Telefon, als würde es mir offenbaren, warum Rebecca Harris das Bedürfnis hatte, mir zu raten, dass ich ihr Magazin lesen solle.

„Das war merkwürdig", sage ich, als ich aufstehe, um besagte Ausgabe zu holen.

Ich erwarte nichts Bestimmtes. Vielleicht gibt es ein Shooting, das Rebecca mir gern zeigen würde, oder einen interessanten Artikel. Mittlerweile bin ich schon fast davon überzeugt, dass Rebecca den Verstand verloren hat und einfach wahllos irgendwelche Leute anruft, um ihnen zu sagen, dass sie ihr Magazin lesen sollen. Ich blättere die Ausgabe durch und nähere mich gerade dem Ende, als mir der Atem stockt.

Eine Entschuldigung, lautet die Überschrift. Aber noch erstaunlicher ist, dass es eine Entschuldigung von Fiona Taylor ist. Könnte das wirklich wahr sein?

Zitternd fange ich an, den Artikel zu lesen, und meine Augen rasen über die Seite. Ich nehme die Worte auf – „kopiert" und „Flint" und „entschuldigen" –, bis ich das Magazin hinlegen muss, um zu begreifen, was ich da eigentlich gerade gelesen habe.

Die letzte Zeile bringt mich allerdings zum Weinen: *Ich habe allein gehandelt und niemand außer mir trägt die Schuld daran.*

Er hat es nicht getan. Caleb hat es nicht getan. Die Tränen rinnen noch heftiger über mein Gesicht, bis ich das Gefühl habe, nicht mehr atmen zu können.

Er hat mich nicht betrogen.

Ich habe *ihn* betrogen.

Der Schmerz ist unerträglich, ebenso wie die Schuldgefühle. Ich stehe kurz davor, Caleb auf der Stelle anzurufen und mich zu entschuldigen, doch vermutlich hat es keinen Sinn. Warum sollte er mit mir reden wollen? Es wäre sein gutes Recht, nie wieder mit mir sprechen zu wollen, und ich würde es ihm kein bisschen übelnehmen. Ich habe ihn wegen etwas so Schrecklichem beschuldigt, dass ich überrascht bin, keinen Artikel zu finden, in dem ganz genau steht, welche schrecklichen Dinge ich zu ihm gesagt habe.

Ich ächze und bedecke mein Gesicht mit den Händen. *Was habe ich getan?*

McQueen sitzt miauend vor meinen Füßen. Ich nehme ihn hoch, streichele ihn und hoffe, dass seine Nähe meine Verzweiflung irgendwie vorübergehend lindern wird. Es hilft ein wenig, doch nichts kann die Schuldgefühle aufhalten, die sich in meinem Inneren ausbreiten.

Caleb hatte recht: Ich habe ihn abgewiesen, weil ich Angst hatte. Ich hatte solche Angst, dass sich unsere Beziehung wie die mit Bo entwickeln würde, dass ich beschloss, es vorsichtshalber zu beenden. Ich habe dabei nie in Betracht gezogen, dass Caleb überhaupt nicht so ist wie Bo, und dass er sich auch nie wie mein Ex verhalten hat. Bo war egoistisch und unreif und ich weiß tief in meinem Herzen, dass Caleb niemals so kindisch wäre und mich dafür hassen würde, dass ich erfolgreich bin.

Caleb wäre derjenige, der mir applaudieren würde; er würde mich unterstützen, egal, was kommt.

„Oh, McQueen, dieses Mal habe ich es wirklich vermasselt", sage ich, während die Tränen fließen. „Ich bin so eine Idiotin. Die größte, dümmste, nutzloseste Idiotin."

Den restlichen Abend bringe ich damit zu, mir zu überlegen, wie ich Caleb zeigen könnte, wie leid es mir tut und wie sehr ich ihn liebe. Ich weiß, dass er wenigstens eine Entschuldigung verdient, das bedeutet jedoch nicht, dass er mich zurücknehmen wird.

Ich wälze mich die ganze Nacht hin und her und versuche, mir etwas zu überlegen, aber meine einzige Antwort ist, dass ich nach New York City muss, um ihn persönlich zu sehen. Was bedeutet, dass ich wieder in ein Flugzeug steigen muss.

Die Vorstellung, zum dritten Mal zu fliegen, ist wie ein Eimer mit Eiswasser. Doch für Caleb würde es sich lohnen. Ich würde für ihn alles ertragen, nur um ihm zu sagen, dass ich ihn liebe.

KAPITEL ZWANZIG

Caleb

„Caleb, hier ist eine Frau, die dich sehen will."

Meine Assistentin steht an der Tür zu meinem Studio und wartet auf meine Antwort. Ich runzele die Stirn, denn ich hatte jetzt niemanden erwartet.

„Ich bin beschäftigt. Kannst du ihr sagen, dass sie einen Termin ausmachen und später wiederkommen soll?"

Sie schüttelt den Kopf. „Sie besteht darauf. Sie hat gesagt, sie würde so lange warten, wie es nötig ist, um dich zu sehen. Soll ich den Sicherheitsdienst rufen?"

„Nein, ich werde sie empfangen. Hat sie ihren Namen genannt? Es ist wahrscheinlich irgendeine wütende Designerin, die mich anschreien will."

Ich erhebe mich von dem Stuhl, auf dem ich sitze, um mir Fotos anzusehen. Mein Studio befindet sich in einer umgebauten Lagerhalle in New York, mit großen Fenstern, durch die das Sonnenlicht hereinströmt. Ich habe heute Morgen erst ein Shooting mit einer Designerin beendet und mir gerade die Abzüge angesehen, bevor ich sie ihr schicke.

„Ich werde mit ihr reden. Danke, Megan", sage ich und folge ihr nach draußen.

Ich betrete den vorderen Bereich des Gebäudes, wo Megans Schreibtisch und noch ein paar weitere untergebracht sind. Mein Studio ist eines von mehr als fünf im gesamten Gebäude, doch Megan ist ausschließlich meine Assistentin.

Als ich vorn eine blonde Frau sitzen sehe, klopft mir das Herz bis zum Hals wie jedes Mal, wenn ich eine Frau mit blonden Haaren wie Heathers sehe. Es ist drei Monate her und ich bin immer noch nicht über Heather Flint hinweg. Spätestens, nachdem sie mir vorgeworfen hatte, ihre Designs gestohlen zu haben, hätte man annehmen müssen, dass ich meine Lektion gelernt habe. Doch es hat sich nichts geändert.

Sie ist die einzige Frau, die ich jemals lieben werde.

Als ich mich der Frau nähere, schüttele ich diese Gedanken ab. Doch als sie sich umdreht und mich ansieht, stockt mir der Atem.

Es ist Heather. Sie ist hier. In New York City.

„Heather?" Ich weiß nicht, was ich sagen oder wie ich reagieren soll. Ich frage mich, ob ich halluziniere.

Sie steht auf und wischt ihre Handflächen an ihrer Jeans ab. Sie ist nervös, beißt sich auf die Lippe und blickt sich um, als würde sie gleich jemand überfallen. Mir fällt außerdem auf, dass sie blass und zu dünn aussieht und dunkle Augenringe hat. Hat sie in den letzten Monaten gar nicht geschlafen?

„Können wir ungestört reden?" Sie blickt über meine Schulter zu Megan.

Ich begleite sie in mein Studio und zeige ihr einen Stuhl, auf den sie sich fallen lässt. Ich kann mich jedoch nicht setzen. Unruhig fange ich an, vor ihr auf und ab zu gehen.

„Warum bist du hier?" Mein Ton klingt härter als beabsichtigt und sie zuckt zusammen.

Ich gebe zu, dass ich stinksauer war, nachdem sie vor mir davongelaufen war. Ich war verletzt und wütend und ein Teil von mir wollte sich an ihr für das, was sie mir zugetraut hatte, rächen. Doch nachdem ich mich ein paar Tage lang wütend betrunken hatte, beschloss ich, meinen Ärger auf etwas Wichtigeres zu konzentrieren: Um Fiona zu finden und sie zu einem Geständnis zu zwingen.

Es war nicht leicht gewesen. Fiona war schlüpfrig wie ein Aal, doch ich habe in der Branche jede Menge eigene Kontakte. Als ich etwas gefunden hatte, womit ich sie unter Druck setzen konnte, konfrontierte ich sie. Sie schluchzte und wollte mich verhaften lassen, doch es hatte keinen Sinn. Ich drohte ihr mehr als deutlich an, dass ich sie wegen Betrugs anzeigen würde, wenn sie sich nicht schriftlich bei Heather dafür entschuldigen würde, dass sie ihre Entwürfe gestohlen hatte.

Jetzt, da ich Heather hier sehe, frage ich mich, ob sie endlich den Artikel gelesen hat. Doch das Magazin kam gestern heraus. Das bedeutet … Wenn Heather wegen des Artikels hier ist, muss sie hergeflogen sein.

Heather, die Todesangst vorm Fliegen hat, ist in ein Flugzeug gestiegen, um mich zu sehen.

Mit Tränen in den Augen ringt sie mit den Händen. Doch sie wischt sie weg, setzt sich aufrecht hin und bricht den Augenkontakt mit mir nicht ab. „Ich bin hier, um mich zu entschuldigen." Ihre Stimme klingt brüchig und sie räuspert sich. „Ich möchte mich für die Dinge entschuldigen, die ich gesagt habe. Dass ich dich beschuldigt habe, Fiona geholfen zu haben. Ich habe den Artikel gelesen, und ich musste einfach…" Sie bricht ab und beißt sich auf die Lippe. „Ich musste dir sagen, dass es mir leid tut."

Ich starre auf sie hinab. „Du hättest dich am Telefon oder per E-Mail entschuldigen können. Warum bist du wirklich hier?"

„Ich wollte mich entschuldigen. Das habe ich dir gesagt. Du verdienst es, dass ich persönlich herkomme, denn es war schrecklich, was ich dir vorgeworfen habe. Ich fühle mich deswegen so furchtbar und ich werde mir das nie verzeihen." Ihre Stimme bricht und sie klingt, als würde sie jeden Moment anfangen zu schluchzen.

Schließlich setze ich mich neben sie. „Wie ich schon gesagt habe, das hättest du mir am Telefon sagen können. Aber du bist stattdessen in ein Flugzeug gestiegen – was für dich etwas absolut Furchtbares ist –, um es mir zu sagen." Ich beuge mich zu ihr vor. „Sag mir, warum du wirklich hier bist, Heather."

Ihre Wangen röten sich, was ihr viel besser steht als diese kranke Blässe, wie ich zugeben muss. „Was zum Teufel willst du von mir hören?", schreit sie beinahe. „Ich habe dir gesagt, dass es mir leid tut, und es stimmt! Es tut mir wirklich so verdammt leid. Ich habe es versaut, Caleb. Ich habe es versaut und weiß nicht, wie ich es wiedergutmachen kann."

„Hier geht es nicht darum, dich zu entschuldigen oder etwas wiedergutzumachen oder irgendetwas in der Art. Ich habe das, was du vor Wochen zu mir gesagt hast, verwunden, weil ich weiß, warum du es gesagt hast. Du hattest Angst. Du bist ausgerastet." Ich atme tief ein. „Also sag mir: Warum bist du wirklich hier?"

Ihre Unterlippe zittert und ich muss mich zusammenreißen, damit ich sie nicht küsse. Sie schaut weg und ich frage mich, ob ich es übertrieben habe.

Schließlich sagt sie leise: „Ich liebe dich."

Es ist so leise, dass ich mich frage, ob ich es mir eingebildet habe. „Was?"

„Ich habe gesagt, ich liebe dich!" Sie steht auf, um zu rufen: „Ich liebe dich, Caleb! Was willst du noch von mir hören?"

Ich kann nicht anders als zu grinsen. „Das ist es, was ich hören wollte, Süße." Ich stehe auf, packe sie und küsse sie mit aller Macht. Ich küsse sie mit allem, was ich ihr im Laufe der Monate, die wir getrennt waren, sagen wollte. Sie stöhnt und öffnet sich mir und ich schiebe meine Zunge in ihren Mund und koste von ihrer Süße.

Ihre Hände sind überall an meinem Körper und ihre Finger wandern unter meinem Shirt meine Wirbelsäule hinauf. Ich küsse sie einfach noch mehr. Ich kann nicht genug bekommen.

Doch leider löst sie sich von mir. „Also, hast du mir nichts zu sagen?"

„Was willst du denn von mir hören?"

Sie schnauft verächtlich und will mich gerade wegschubsen, doch ich halte sie fest. „Ich liebe dich auch", flüstere ich ihr ins Ohr. Sie fröstelt.

„Wirklich? Trotz der schrecklichen Dinge, die ich zu dir gesagt habe?"

„Trotz alledem. Aber du schuldest mir noch etwas."

Sie japst, als ich ihren Hintern packe und gegen meinen steifen Schwanz presse, ich brauche unbedingt mehr. Ich vergrabe meine Finger in ihrem Haar und muss meine ganze Selbstbeherrschung aufbringen, um sie nicht gleich hier in meinem Studio zu nehmen. Ich frage mich, ob wir einen Quickie schaffen würden, ohne dass Megan etwas bemerkt. Das würde allerdings voraussetzen, dass Heather ruhig bleiben kann, und darin war sie noch nie gut.

„Ich liebe dich, Süße. Ich weiß nicht, wann das passiert ist, aber es wird sich niemals ändern. Du kannst über mich sagen, was immer du willst, doch meine Liebe zu dir ist unendlich." Ich streichele ihre Wange.

Ihr Kinn bebt. „Ich verdiene diese Liebe nicht. Ich war so schrecklich zu dir."

„Du hast diese Dinge gesagt, weil du Angst hattest. Ich weiß nicht, was dein Ex mit dir gemacht hat, aber gib mir seine Adresse, dann werde ich ihn gern verprügeln." Ich küsse sie noch einmal, bevor ich sie nach unten ziehe, damit sie sich setzt. „Mir ist egal, ob du deine Karriere verfolgen oder zuhause bleiben oder dir fünfzig Katzen anschaffen willst, die du im Kinderwagen durch die Nachbarschaft fährst. Was auch immer du tust, ich werde dich dafür lieben."

Sie schnieft. „Ich war so davon überzeugt, dass ich auf keinen Fall eine Beziehung *und* meine Karriere haben könnte, dass ich beschlossen habe, mich nur auf die Karriere zu beschränken." Sie lächelt unter Tränen und nimmt meine Hand. „Doch ich lag falsch. Das weiß ich jetzt. Als ich diese Entschuldigung von Fiona gelesen habe, konnte ich es nicht glauben. Wie hast du das gemacht?"

Ich grinse wieder. „Ich musste mich ziemlich anstrengen, das kann ich dir sagen. Es sollte genügen, wenn ich dir sage, dass Fiona nicht so schnell wieder in der Branche arbeiten wird."

Heather stützt ihr Kinn auf ihrer Hand ab und sieht mich mit einem erwartungsvollen Ausdruck an. „Erzähl mir alles", fordert sie.

„Tja, ich habe einen meiner Fotografen-Freunde kontaktiert, der mit Fiona gearbeitet hat, aber Probleme mit ihr hatte. Nachdem ich viel Überzeugungsarbeit geleistet habe, hat er endlich zugegeben, dass Fiona sich monatelang geweigert hat, ihn für seine Arbeit zu bezahlen, und als sie ihn endlich bezahlt hatte, war daran einiges verdächtig. Wie dem auch sei, nachdem wir nachgeforscht hatten, fanden wir gemeinsam heraus, dass sie Betrug begangen hat, und das habe ich genutzt, um sie dazu zu bringen, den Diebstahl deiner Entwürfe zuzugeben."

Heather sieht überwältigt aus und ich gebe zu, dass es schön ist zu sehen, dass sie beeindruckt ist. „Woher wusste sie überhaupt von meinen Entwürfen?"

„Ich kann mir nur vorstellen, dass sie wusste, dass ich mit dir arbeite, und dann selbst nachgeforscht hat." Ich zucke mit den Schultern.

„Sie hat versucht, sich wieder an mich heranzumachen, aber als ich sie abgewiesen habe, ist sie wütend geworden und hat sich gerächt, indem sie dich fertiggemacht hat." Ich drücke ihre Hand. „Wenn man also wirklich darüber nachdenkt, bin ich teilweise schuld daran."

„Nein, bist du nicht. Fiona war das ganz allein. Die Tatsache, dass du sie dazu gebracht hast, sich so öffentlich zu entschuldigen ..." Heather schnieft erneut. „Das bedeutet, dass ich diese Designs wieder verwenden kann. Ich muss nicht wieder von vorn anfangen. Die Vorstellung, dass Fiona von meinen Ideen profitiert, hat sich furchtbar angefühlt. Danke, dass du das getan hast. Dafür werde ich mich niemals angemessen revanchieren können, aber danke." Sie macht plötzlich große Augen und sagt: „Sie muss sie gestohlen haben, als sie in meinem Geschäft war. Ich habe bemerkt, dass sie sich über die Ladentheke gebeugt hat – vielleicht habe ich mein Skizzenheft liegen lassen. Sie hatte ihr Handy in der Hand. Damit hat sie meine Designs vermutlich fotografiert." Sie schüttelt den Kopf. „Gott, ich bin so eine Idiotin!"

Jetzt kann ich sie einfach nur noch küssen. Ich will ihr sagen, dass sie sich dafür niemals revanchieren muss, weil ich sie liebe, doch ich habe viel nachzuholen. Ich brauche sie in meinen Armen. Ich muss sie an meinem Körper spüren und wissen, dass ihr Herz mir gehört.

Ich ziehe sie an mich, damit sie sich auf meinen Schoß setzen kann. Während ich sie küsse, fasse ich unter ihre Bluse, um ihre nackte Haut zu spüren. Die Berührung lässt sie frösteln. Ich fahre ihre Wirbelsäule entlang, berühre jeden einzelnen Wirbel, bevor meine Finger unter dem Bund ihrer Hose verschwinden. Sie reibt ihre Hüften an mir und ihre Hitze bringt mich fast um den Verstand.

Ich knurre, bevor ich mich vorbeuge und ihre Brust mit Küssen bedecke. Ich knöpfe ihre Bluse auf und befreie sie endlich von ihrem BH, um eine Brustwarze in den Mund zu nehmen. Sie drückt ihren Rücken durch und schreit lautlos auf, als ich erst an einem Nippel und dann dem anderen sauge und abwechselnd mit jeder ihrer Brüste spiele. Ich habe das so sehr vermisst, dass ich genau weiß, dass ich sie niemals wieder loslassen werde.

Diese Frau gehört mir – für immer und ewig.

Als ich gerade dabei bin, ihre Jeans und meine eigene Hose

aufzuknöpfen, höre ich ein Räuspern. Ich blicke auf und sehe Megan in meinem Türrahmen stehen. Sie sieht zur Decke hoch und hat hochrote Wangen.

„Dein Dreizehn-Uhr-Termin ist da", ist alles, was sie zur Erklärung sagt, bevor sie geht.

Heather und ich starren einander an. Wir atmen beide schwer und ihre Brüste vor meiner Nase sind nackt.

Da brechen wir beide in Gelächter aus.

EPILOG

Heather

„Sieh mal, was ich heute Morgen bekommen habe."

Caleb gibt mir die brandneue Ausgabe von *Bella* und ich kann nicht anders, als einen Laut von mir zu geben, der eine Mischung aus einem Schrei und einem Quieken ist. Ich blättere die glänzenden Seiten durch, bis ich unser Shooting gefunden habe – unser zweites gemeinsames Shooting – und ich fange fast an zu weinen.

Nachdem wir wieder zusammengekommen waren, waren Caleb und ich unzertrennlich. Unser erstes gemeinsames Shooting hat mein Geschäft und seine eigene Fotofirma in Sphären katapultiert, die wir uns beide niemals hätten vorstellen können. Ich habe so viele Einladungen zu Shows und Shootings und Interview erhalten, dass ich einen Agenten anheuern musste, um sie alle abwickeln zu können – und habe Owen Kiss von der Kiss Talent Agentur engagiert, den charmanten und *extrem* gutausse-henden Mann (Caleb knurrt mich jedes Mal scherzhaft an, wenn ich das sage), der Caleb bereits repräsentiert hat. Wir beide haben in jenem Jahr auch Preise gewonnen und Caleb konnte mit einigen der besten Fotografen der Branche zusammenarbeiten.

Jetzt ist es ein Jahr später und unser zweites Shooting wurde in der *Bella* veröffentlicht. Es ist noch besser als das erste, obwohl ich lügen müsste, wenn ich sagen würde, dass wir uns wegen der Richtung, in die es gehen sollte, nicht ab und zu die Köpfe eingeschlagen haben. Aber das Ergebnis unserer Auseinandersetzungen ist jedes Mal bessere Kunst, weil wir uns immer gegenseitig antreiben, unser Bestes zu geben.

Unsere Beziehung ist kein bisschen so, wie ich befürchtet hatte.

Tatsächlich ist sie besser, als ich es mir jemals hätte vorstellen können.

„Oh, Caleb, sieh dir das an", sage ich seufzend. Ich zeige ihm das Foto der beiden Models, die meine Lieblingsabendkleider tragen. „Es abgedruckt zu sehen, beeindruckt mich immer wieder aufs Neue."

Er grinst. „Es hilft, dass du so einen tollen Fotografen hast."

Ich verdrehe die Augen. „Immer noch so eingebildet. Andererseits, wie könnte ich weitermachen, wenn ich nicht wüsste, dass du immer noch so eine Nervensäge bist?"

Dafür gibt er mir einen Klaps auf den Hintern und ich muss lachen.

Caleb und ich lachen ständig. Wir können nicht aufhören zu lachen, wahrscheinlich, weil wir so glücklich sind. Als wir wieder zusammen waren, waren wir nicht sicher, wo wir leben sollten, da ich in L.A. wohnte und er in New York. Mit ein paar Kompromissen war Caleb einverstanden, nach L.A. zu ziehen und weiterhin ab und zu in New York zu arbeiten. Er wusste außerdem, dass es einfach keine Option war, mich zu zwingen, regelmäßig auf die andere Seite des Landes zu fliegen, und als ich mich traute, ihm vorzuschlagen, dass ich *versuchen* könnte, mehr zu reisen, legte er sein Veto ein und wollte danach nichts mehr von meinem Vorschlag hören.

Wir leben nicht weit von meinem Geschäft entfernt in einem Apartment, das einen fantastischen Blick auf die Hügel bietet. Ich gebe zu, dass es mich ein bisschen erschreckt hat, mit Caleb zusammenzuziehen – was, wenn wir einander hassen würden? –, aber abgesehen von ein paar kleinen Unstimmigkeiten hier und da, die sich meist um Belanglosigkeiten drehen, zum Beispiel wer den Müll hinausbringt, sind wir unbeschreiblich glücklich.

„Oh, ich habe vergessen, dir etwas zu erzählen!" Ich klatsche in die Hände. „Rebecca hat mich angerufen und sie hat mit mir über eine Show geredet, die meine Designs präsentieren wird, und zwar in Paris während der Fashion Week. Es ist bisher aber noch nicht offiziell."

Caleb macht große Augen. „Das ist fantastisch, Süße. Aber heilige Scheiße, in Paris?"

Ich weiß, was er denkt. Wie soll ich einen Flug überstehen, der über zwölf Stunden lang ist? Ich muss plötzlich schlucken, weil meine Kehle trocken wird, als ich darüber nachdenke.

„Ich weiß, der Flug. Wenn ich genug Xanax nehme, sollte ich es schaffen. Ich habe außerdem gedacht, dass wir zuerst nach New York fliegen, eine Weil dortbleiben und dann weiter nach Paris fliegen könnten. Es auf zwei Flüge aufteilen."

Er sieht mich skeptisch an. „Ich bin mir nicht sicher, ob zwei Flüge besser wären als einer." Mit einer sanften Geste berührt er meine Wange. „Aber du weißt, dass ich die ganze Zeit bei dir sein werde, oder? Selbst, wenn du mir am Ende auf die Schuhe kotzt."

„Ich habe noch nie auf deine Schuhe gekotzt!" Ich gebe ihm einen Klaps auf den Arm.

Er lächelt und beugt sich herunter, um mich zu küssen. „Ach was, ich werde dich ablenken. Wir müssen daran arbeiten, in den Mile-High-Club einzutreten. Du würdest dich so sehr darauf konzentrieren, meinen Namen nicht laut zu schreien, dass deine Flugangst kein Thema mehr wäre."

Ich schnaufe verächtlich, doch seine Worte lassen die Hitze in meinem Körper aufsteigen. Caleb weiß, dass er mich mit nur einer Berührung oder einem Wort heiß und scharf machen kann, und das nutzt er zu seinem Vorteil. Glücklicherweise weiß ich, dass ich das bei ihm genauso leicht schaffe. Mein Vorrat an tiefausgeschnittenen Oberteilen hat sich vervielfacht, seit wir zusammengekommen sind.

„Ich habe auch ein paar Neuigkeiten für dich", sagt er an meinem Hals.

Ich schließe die Augen und genieße es, wie sein warmer Mund meinen Hals küsst. „Was denn?", flüstere ich.

„Fiona Taylor hat sich offiziell aus der Branche zurückgezogen."

Ich reiße die Augen auf. „Wirklich?"

„Wirklich. Zugegeben, sie ist nach dem Brief einfach verschwunden, aber jetzt hat sie beschlossen, in ihr Haus auf den Bahamas zu ziehen und in absehbarer Zukunft dort zu bleiben."

„Was für ein schreckliches Schicksal für sie", murmele ich. „Sie klaut Entwürfe und lebt am Ende für den Rest ihres Lebens auf einer Insel, ohne zu arbeiten."

„Stimmt, aber sie wurde in der Branche fallengelassen. Sie wird nie wieder im Modebereich arbeiten. Ihr Label ist tot, all ihre Geschäfte wurden geschlossen und ihre Klamotten sind jetzt Staubfänger bei Goodwill." Er küsst meine Schulter. „Ich denke, das ist eine angemessene Rache für eine Frau, die einst als Königin der Branche betrachtet wurde, aber die gelogen und betrogen hat."

Ich gebe einen zurückhaltenden Laut von mir. Okay, ein Teil von mir hat sich für Fiona eine größere Bestrafung gewünscht, aber immerhin ist sie nicht länger Teil der Modewelt. Sie hat den ganzen Respekt, den sie sich im Laufe der Jahre erarbeitet hat, verloren, nur weil sie mich – und Caleb – fertigmachen wollte. Ich muss zugeben, dass das Ganze irgendwie auf eine dumme Art und Weise tragisch ist.

„Tja, wenigstens bekommt sie dich jetzt nicht mehr in die

Finger." Ich schlinge meine Arme um seinen Hals. „Denn du gehörst mir allein, Caleb Johnson."

Er wirft mir einen heißen Blick zu. „Das ist ja wohl selbstverständlich. Und du gehörst mir allein, Süße." Er umfasst meinen Hintern und presst mich an seine wachsende Erektion. „Da wir gerade beim Thema sind, wie wäre es, wenn wir heute Nachmittag ein bisschen Spaß miteinander haben?"

Ich denke darüber nach und beiße mir auf die Lippe, aber ich habe jede Menge Arbeit, die ich erledigen muss. Aber Caleb ist unglaublich hartnäckig, und als er seine Hand auf meinen Venushügel legt, muss ich einfach stöhnen. Wie macht er das nur? Mich mit einer einzigen Berührung heiß zu machen?

Ich grabe meine Fingernägel in seine Schulter, als er mich durch meine Jeans hindurch reibt. Ich stöhne lang und tief, doch dann klingelt mein Telefon. Auf dem Display wird *Rebecca Harris* angezeigt.

„Ich muss da rangehen." Ich werfe Caleb einen entschuldigenden Blick zu.

„Das ist hoffentlich wichtig." Er knurrt und legt einen Arm um mich, als ich mein Telefon nehme. „Obwohl es mir schwerfällt, mir etwas vorzustellen, das wichtiger ist als das …"

Ich unterdrücke ein Japsen, als ich ans Telefon gehe und Caleb gleichzeitig meine Brüste umfasst. Ich kneife ihn in den Arm, damit er aufhört; ich kann an meinem Hals regelrecht spüren, dass er lächelt.

„Rebecca." Ich hoffe, sie bemerkt nicht, dass ich außer Atem bin. „Wie geht es Ihnen?"

„Heather, mir geht es gut. Ist es gerade unpassend?"

In Anbetracht der Tatsache, dass Caleb jetzt meine Nippel zwischen seinen Fingern rollt und anfängt, meine Jeans aufzuknöpfen, ist es *definitiv* unpassend. Ich schlage seine Hand von meiner Jeans weg, doch er lacht nur leise.

„Ist es nicht", sage ich. „Wie kann ich Ihnen helfen?"

„Ich habe mit den verantwortlichen Leuten gesprochen und

ich habe es geschafft, grünes Licht zu bekommen, um mit der Planung Ihrer Show in Paris während der Fashion Week zu beginnen. Sie wird auf jeden Fall stattfinden."

Caleb nutzt die Gelegenheit, als ich Rebecca zuhöre, und öffnet meine Jeans mit einer gekonnten Bewegung, bevor er in mein Höschen fasst. Ich beiße mir so fest auf die Zunge, um nicht aufzuschreien, dass ich Blut schmecke.

„Das ist wunderbar. Vielen Dank, dass Sie das für mich tun." Ich gebe einen quietschenden Laut von mir, als Caleb meine Klit mit seinem Daumen streift.

„Geht es Ihnen gut, Heather? Sie hören sich so atemlos an."

Ich versuche, mich von Caleb wegzubewegen, doch sein Arm ist wie ein Stahlband um meinen Körper. Und als er dann anfängt, meine Klitoris heftig zu reiben, lasse ich fast mein Telefon fallen.

„Mir geht es gut. Hervorragend. Ich bin nur gerade von einer sehr langen Laufstrecke zurückgekommen", plappere ich.

Caleb nimmt das als Anlass, mit einem Finger in mich einzudringen. Ich muss mir auf die Lippe beißen, um mein Stöhnen zu unterdrücken.

„Tja, dann legen wir erst einmal auf. Ich werde Ihnen die ganzen Details in ein paar Stunden von Catherine zukommen lassen."

„Danke, Rebecca. Bis bald." Ich lege auf und werfe das Telefon auf den Tisch, bevor ich Caleb in die Seite kneife.

Er lässt mich los, aber nur, um mich umzudrehen, damit ich zu ihm hochsehe.

„Du bist die eingebildetste Nervensäge ..." Die Worte in meinem Mund verstummen, als er sich vor mich kniet, meine Jeans und mein Höschen herunterzieht und sich mit dem Mund ans Werk macht.

Danach vergesse ich so ziemlich alles über Rebecca und Paris. Alles, was ich sehen und fühlen und woran ich denken kann, ist Caleb.

Jetzt liegen wir schwer atmend auf dem Boden unseres Apartments, unsere Sachen sind überall verstreut.

„Ich nehme also an, dass du nach Paris gehst?" Caleb streicht mir eine Haarsträhne aus der Stirn. Mein Gehirn ist zu benebelt und mein Körper zu sehr von Lust eingehüllt, um seine Frage auf Anhieb zu begreifen. Paris? Warum reden wir über Paris?

„Oh!" Ich setze mich hastig auf. „Ja! Caleb, ich bekomme eine Show in *Paris*! Kannst du es glauben?"

„Ja, weil du unglaublich bist." Er zieht mich nach unten, um ihn zu küssen, und ich schmelze dahin.

„Du wirst doch mitkommen, oder?", frage ich. „Ich werde dich dort brauchen."

„Warum sollte ich irgendwo anders sein?"

Bevor ich etwas erwidern kann, steht er auf und kramt in seinen Jeanstaschen. Ich schaue ihn an und frage mich, warum er gerade das Bedürfnis hat, seine Hosentaschen zu leeren.

Er sieht, dass ich ihn anschaue. „Schließ die Augen, Süße."

Ich hebe eine Augenbraue. „Was ist los?"

„Schließ die Augen."

„Na schön, okay." Ich schließe die Augen und höre, wie er sich neben mich setzt.

„Okay, mach sie wieder auf."

Ich bin nicht wirklich sicher, was ich erwartet hatte. Blumen? Pralinen? Als ich die Augen öffne und einen Diamantring in einer Samtschachtel funkeln sehe, stockt mir der Atem.

„Was ist das?" Ich blicke nach unten. „Ich bin nackt, Caleb!"

„Nackt gefällst du mir am besten." Dann kniet er sich mit dem Ring in der Hand vor mich. „Heather Talina Flint. Liebe meines Lebens. Talentierteste, wundervolle, sture, nervtötende Designerin. Die Frau, die ich auf der ganzen Welt am meisten liebe. Willst du mich heiraten?"

Tränen verschleiern meinen Blick. Ich kann Calebs Gesicht oder den Ring kaum noch sehen. Mein Herz hämmert.

„Oh, Caleb!" Ich wische mir die Augen ab, doch die Tränen

laufen immer weiter. „Natürlich will ich dich heiraten. Ja. Ja!"

Er grinst, dann zieht er mich für einen explosiven Kuss an sich. Der Ring ist schon fast vergessen, aber ich löse mich von ihm, um ihn genau anzusehen. Caleb nimmt ihn aus der Schachtel und steckt ihn auf meinen Finger. Er glitzert im Licht und ist so wunderschön, dass es schmerzt.

„Er ist wundervoll. Danke. Ich liebe dich." Ich küsse ihn erneut. „Ich liebe *dich*. Mein sturer, eingebildeter, gutaussehender, brillanter Freund." Ich lächele. „Verlobter, sollte ich sagen."

„Da hast du verdammt recht." Er küsst meine Hand. „Verlobter und bald Ehemann. Denn wir werden glücklich bis ans Ende unserer Tage zusammen leben, Süße."

Ich nicke, bevor ich ihm meine Arme um den Hals werfe. „Natürlich werden wir das. Ich liebe dich."

„Ich liebe dich auch. Also, wie wäre es, wenn wir das in unserem Bett feiern?", meint Caleb, bevor er mich in die Arme nimmt und in unser Schlafzimmer trägt, während ich vor lauter Glück loslache.

Vielen Dank, dass Sie " **Küss mich, du sexy Typ** " gelesen haben. Wenn Ihnen die Figuren gefallen haben, dann lesen Sie unbedingt auch Buch 4, **Halt den Mund und küss mich**. Im Folgenden finden Sie einen Auszug zum reinschnuppern. Viel Spass!

Ein Newsletter speziell für meine deutschen LeserInnen. Erfahren Sie alles über Neuerscheinungen und Geschenkaktionen! http://virnadepaul.com/deutsch-newsletter/

Schließen Sie sich unserer Facebookgruppe "Deutscher Buch-Harem" in der wir über Bücher und die Charaktere darin diskutieren. Außerdem gibt es tolle Geschenke!

HALT DEN MUND UND KÜSS MICH

Marissa

Was andere von uns halten, ist für meine schrecklich vornehme Mutter das Wichtigste. Doch als sie darauf besteht, dass ich meinen reinrassigen, aber betrügenden Ex-Freund zurücknehme, würde ich mich eher mit einer Salatgabel erstechen. Also platze ich heraus, dass ich einen neuen Freund habe. Einen wie … den super heißen Typ gegenüber im Restaurant, der mir irgendwie bekannt vorkommt und der nächste James Bond sein könnte.

Es stellt sich heraus, dass er der Hauptdarsteller meiner liebsten, kitschigen Science Fiction Seifenoper ist. (Verurteilt mich nicht.) In einem Moment fantasiere ich über Borg und seine grünge-färbten Bauchmuskeln. Im nächsten Moment macht mir Simon Dale ein Angebot, das mein sexhungriger Körper nicht abschlagen kann.

. . .

Simon

Ich habe Lust auf eine Filmrolle, die mich von der B-Promi-Liste holt, doch ich brauche kein Drehbuch, um die Szene zwischen Marissa und ihrer Mom deuten zu können. Obwohl ich eine Londoner Kanalratte bin, die noch nie mit einer Fürstlichen verkehrt hat, schlüpfe ich leicht in die Rolle von Marissas vernarrtem Freund. Warum? Weil ich im Gegenzug einen Gefallen brauche – eine dauerhafte Beziehung, gerade lange genug, um meine Produzenten davon zu überzeugen, dass ich meine wilde Lebensweise geändert habe.

Problem: Ich gehe aufs Ganze in dieser Beziehung – und bin kurz davor, das zu verlieren, was mich kaputt machen könnte. Mein Herz.

Kapitel Eins

Marissa

Als ich meiner Mom erzähle, dass ich mit meinem Hedge-Fonds-Investor und Princeton Alumnus, dem betrügenden und lügenden Arschloch-Verlobten Charles Schluss gemacht habe, bricht sie urplötzlich in Tränen aus.

„Das. Kann. Nicht. Dein. Ernst. Sein!", sagt sie, ihre Worte zur Betonung langgezogen, als stünde hinter jedem Wort ein Punkt. Sie zieht ein Taschentuch aus ihrer Dooney & Bourke Handtasche und tupft sich die Augen, während sie laute, schluchzende Geräusche von sich gibt. Zahlreiche Leute im Restaurant des La

Rouge Country Clubs strecken ihre Hälse zu uns aus. „Warum. Solltest. Du. Nur. So. Etwas. Tun!"

Ich frage mich, ob ich mich hier und jetzt mithilfe einer Salatgabel umbringen kann. „Ich habe ihn dabei erwischt, wie er mich betrogen hat, Mom. Willst du wirklich, dass ich einen Typ heirate, der mich betrügt?"

Sie schnieft. „Männer werden immer Männer bleiben, Marissa. Dein Vater …"

„Ihr seid zwei Mal geschieden, Mom", weise ich darauf hin. Im Moment sind sie und Dad wieder verheiratet, aber wenn eine Ehe nur aus Erdbeeren mit Sahne bestünde, würden sie sie nicht im Lichtschaltermodus an- und ausknipsen, oder?

Es gab eine Zeit, in der schämte ich mich für ihre ungesunde Ehedynamik. Immerhin war ich ein Teenager, der zumindest das versuchte, auf irgendeine Art und Weise mitzuteilen. Wenn ich die Wahrheit sagen müsste: Ich war *wild* – ich trank, experimentierte mit Marihuana, hing mit einem Bad Boy nach dem anderen ab. Erst als mich mein letzter Freund während eines Rausches beinahe umbrachte, kam ich wieder zu Sinnen. Ich schwor mir umgehend, dass es in jedermanns Interesse wäre, mir Moms klugen Ratschlag zu Herzen zu nehmen, egal wie sehr sie sich auch aufspielen konnte. Immerhin konnte ich mir in der Zeit selbst nicht trauen.

Jetzt, zehn Jahre später, fällt es mir zunehmend schwer, ihre folgsame und gefügige Tochter zu sein. Nicht, dass ich wieder in alte Muster fallen möchte, nein. Mir gefällt lediglich die Idee, einen Mann zu daten, der allein durch seine Präsenz im Raum mein Herz zum Rasen bringt. Etwas, das Charles nie schaffte. Ich träume davon, meinen nicht zufriedenstellenden Job zu kündigen und meiner Leidenschaft nachzugehen. Immer, wenn meine Instinkte danach schreien, gegen die Anweisungen meiner Mom zu kämpfen, noch einmal frech zu sein und ein Risiko auf mich zu nehmen, denke ich zwangläufig an meinen damaligen Freund und das Auto, mit dem er versuchte, unbemerkt vor der

Polizei zu fliehen, und ich realisiere, dass es weitaus schlimmere Dinge gibt, als das Leben ohne jegliches Risiko zu spielen.

Aber dieses wagemutige, wilde Mädchen bin ich nicht mehr. Und das ist auch gut so.

Mom zieht weiter ihre Show ab und ich frage mich halb, warum sie nie mit der Schauspielerei angefangen hat. Sie ist dramatisch genug. Zum Teufel, im Moment sieht es so aus, als würde sie für eine Emmy Nominierung antreten, zitternd und schluchzend, als würde die Welt zu Ende gehen, weil ich achtundzwanzig und Single bin. Meine Schwester, Larissa – Mom hat ein Faible für sich reimende Namen – sieht mich nur an und schüttelt den Kopf. Larissa ist fünfundzwanzig und wird noch in diesem Jahr heiraten, sie ist also keine große Hilfe.

„Klasse, Mar. Wie viele Katzen wirst du jetzt adoptieren?" Mein Bruder Kenny – als einziger Junge bekam er keinen sich reimenden Namen – kichert auf seinen Teller. Er ist achtzehn und denkt, dass alles, was aus seinem Mund kommt, zum Totlachen ist.

Er erinnert mich in gewisser Weise an mich selbst, als ich in seinem Alter war, aber ich starre ihn nur an.

Mom weint weiter, tupft ihre Augen, stöhnt und zerreißt sich quasi ihre Kleidung vor Kummer bei dem Gedanken, dass ihre Tochter dreißig werden könnte, ohne verheiratet zu sein. Ich ducke mich, als der Kellner uns seltsam ansieht.

„Ihr hattet einfach nur einen Streit. Du musst Charles anrufen und dich entschuldigen." Mom nimmt mein Handy und gibt es mir. „Er wird dich zurücknehmen. Ich weiß es. Er liebt dich, Liebling und er ist der perfekte Mann für dich."

Wir kann ein Kerl, der mich betrügt, der perfekte Mann sein? Aber dafür interessiert sich Mom nicht: Sie kümmert sich um Stammbaum, Wohlstand und darum, kein Kind zu haben, das es wagt, sie je wieder zu beschämen.

Ich blicke finster auf meinen Salat. „Ich nehme diesen Scheißkerl nicht zurück", murmele ich und schocke mich dabei selbst mit meiner Aussprache. Die alte Marissa kommt zum Vorschein, die versucht, sich Gehör zu verschaffen.

„Achte auf deine Sprache!", keucht Mom und hält sich die Hand an die Brust.

Kenny kichert erneut und Larissa nippt an ihrem Wasser ohne Anteilnahme am Geschehen, da es nicht um sie geht. So war sie schon immer, also stört es mich nicht mehr so sehr.

„Du musst ihn zurücknehmen", besteht Mom. „Wir haben bereits dein Kleid bestellt! Die Blumen! Was sollen wir dem Lokal sagen? Liebling, er hat einen Fehler gemacht. Wir machen alle Fehler, das solltest gerade du wissen. Du kannst ihm seine Mängel nicht vorhalten!"

Ja, Mom, ich habe Fehler gemacht, aber ich habe aus ihnen gelernt. Wenn man dagegen Charles bedenkt, der mich sechs Monate lang mit seiner Sekretärin betrogen hat, denke ich schon, dass ich ihm das vorhalten kann. Außerdem hatte ich immer vermutet, dass ich Charles nicht wirklich liebe und seinen Antrag hauptsächlich deshalb angenommen hatte, weil meine Eltern ihn für passend hielten. Als ich realisierte, dass meine Reaktion auf seine Untreue mehr Ärger als Verletzung war, wusste ich sicher, dass er nicht die Liebe meines Lebens war. Vielleicht bin ich emotional einfach zu verkümmert, um wahre Liebe zu spüren. Meine Familie ansehend, scheint das eine vernünftige Schlussfolgerung zu sein.

Ich versuche, mich auf mein Essen zu konzentrieren, und hoffe, dass Mom das Thema fallen lässt. Aber sie ist wie ein Hund mit einem Knochen. Sie wird mich hier nicht rauslassen, bevor sie sichergehen kann, dass ich meine Chancen zu heiraten nicht zerstöre. *Wenn du ihn so sehr liebst, warum heiratest du ihn dann nicht?* Der Gedanke kommt meinen Lippen gefährlich nahe.

Mom zischt und zwingt mich, sie wieder anzusehen. „Du bist bereits achtundzwanzig. Das hier steht nicht zu Verhandlung. Du wirst mich nicht so beschämen. Du hast uns für ein ganzes Leben bloßgestellt, findest du nicht?"

Ich zucke fast zusammen, als Mom auf ihre nicht gerade subtile Art auf meine Vergangenheit verweist. Gott, werde ich das irgendwann einmal hinter mir lassen können? Außerdem ist nicht das Jahr 1816. Nur weil ich als Teenager einmal Fehler begangen habe, habe ich immer noch das Recht zu heiraten - oder eben nicht –, wen auch immer ich möchte, oder? Aber so einfach ist es nicht. Alle Woodcrest-Frauen vor mir haben lange vor ihrem achtundzwanzigsten Geburtstag geheiratet. Selbst mein Job in der Marketing Firma eines Partners meines Vaters wurde mir ausgehändigt, mit dem stillschweigenden Verständnis, dass ich nur bis zur Hochzeit arbeiten und danach anfangen würde, Kinder zu gebären.

Ich bin erbärmlich, denke ich. *Steh endlich für dich selbst ein, Marissa!*

Aber mein Mund bleibt geschlossen. Ich habe nicht das Recht, mich zu beschweren. Ich habe ein privilegiertes Leben. Ich musste mich nie um mein nächstes Essen sorgen. In Wahrheit hatte ich fast alles bekommen, was ich wollte, sogar eine zweite Chance, um endlich Dinge richtig zu machen.

Sei geduldig. Mom macht sich Sorgen und will nur das Beste für dich.

Zumindest bin ich kein totaler Fußabtreter. Ich habe die Verlobung mit Charles gelöst und ich werde ihn nicht zurücknehmen! Egal, was Mom sagt.

Du musst nur noch dieses Lunch überstehen und kannst dann nach Hause gehen und dir die nächste Dose Drama der Klatschseiten aus dem Internet reinziehen (mir die verhunzten Leben der Prominenten anzusehen, hilft mir immer, mich besser zu fühlen) oder dir die letzte Folge Alien Love *ansehen.*

Ich nehme meine Gabel auf, doch der Appetit ist mir schon lange vergangen.

Ich blicke auf die Uhr auf meinem Handy und hoffe, dass die Zeit irgendwie, wie durch ein Wunder, vergangen ist und ich eine Entschuldigung vorbringen kann, warum ich das gesellige Essen vorzeitig verlassen muss.

„Marissa, hörst du zu? Marissa!"

Bevor ich etwas sagen kann, nimmt sich Mom erneut mein Handy, sticht darauf herum und schiebt es mir in die Hand. Es ruft bereits Charles an. Bevor ich die Verbindung abbrechen kann, höre ich, wie Charles abnimmt. Verängstigt lege ich auf.

Klasse, jetzt wird Mom besonders angepisst sein.

Und natürlich werden ihre Wangen rot vor Ärger. „Hast du gerade aufgelegt? Was ist los mit dir? Willst du mir einen Herzinfarkt verpassen? Du weißt, dass Herzversagen in unserer Familie liegt, aber es geht nur um dich, nicht wahr?" Mom beginnt, sich wie ein Burgfräulein vor Kummer zuzufächeln. „Du denkst nie an mich oder deinen Vater. Du denkst, die Welt drehe sich nur um dich. Schön, ich bin hier, um dich daran zu erinnern, dass das falsch ist und du die Sache korrigieren musst."

Schuld überkommt mich. Ich weiß, dass Mom dramatisch reagiert, aber das hindert mich nicht daran, mich zu fühlen, als hätte ich schon wieder einen Fehler gemacht. Vielleicht sollte ich einfach erwachsen werden und akzeptieren, dass es keine Ritterlichkeit mehr gibt, Prinzen nicht existieren und das wahre Leben keine Romanze ist. Trotzdem, ist es zu viel verlangt, einen Mann zu wollen, dessen Gesellschaft für mich an erster Stelle steht? Und nicht erst weit hinter bequemen Pyjamas und Netflix-Binge-Watching den zweiten Platz belegt? Tief in mir weiß ich, dass ich die richtige Entscheidung getroffen habe, als ich Charles abgeschossen habe. Doch wenn mich jemand glauben machen kann, eine undankbare Egoistin zu sein, dann ist es Mom.

Ich versuche, in meinem Stuhl zu versinken, vor allem weil man uns immer noch beobachtet. Larissa checkt ihr Handy und Kenny isst weiterhin all das Brot im Körbchen, weil er sich um nichts Gedanken macht, außer um die Frage, ob die Pornhub-Server abgestürzt sind, wenn er nach Hause kommt. Ich sehe mich um, suche nach Hilfe, nach jemandem, der mich aus diesem unendlichen Zirkus namens Familie retten kann.

Ich sehe einen älteren Mann, der uns gegenüber sitzt und einen langen Bart und eine noch längere Nase trägt. Er sieht mich an und seine Augen werden schmal. Er denkt vermutlich, dass ich ein teuflisches Kind bin, das all diese Verachtung verdient. Zumindest sieht es so aus, wenn man meine Mutter als Anhaltspunkt betrachtet.

Ich schaue weiter, treffe den Blick eines kleinen Mädchens mit Zöpfen, das kichert und sich dann das Essen in den Mund schiebt, während ihre Mutter sie ausschimpft, weil sie nicht gerade sitzt.

Gibt es denn niemanden? Wirklich niemanden?

Doch als ich meinen Blick wieder in die andere Richtung schweifen lasse, sehe ich einen Mann, der an einem Tisch nahe dem Fenster sitzt. Er ist groß, blond, mit den Gesichtszügen eines Engels – das ist alles, woran ich denken kann. Jedoch nicht wirklich wie ein Engel, denn sein kantiger Kiefer ist unrasiert und er hat eine böse Narbe auf der Wange, aber … Ist das ein goldener Dunst um seinen Kopf? Wenn er ein Engel ist, dann ein gefallener. Denn als er einer vorübergehenden Frau ein verschmitztes Lächeln schenkt, wedele ich mir fast selbst Luft zu. Ich war so beschäftigt mit meiner Mutter, dass ich ihn zuvor übersehen haben muss. Was jetzt unmöglich scheint.

Verdammt, er ist schön.

Eine Locke blondes Haar fällt ihm in die Stirn und er streicht sie mit langen, spitzen Fingern zur Seite, während er die Speisekarte öffnet. Jede Bewegung, die er macht, ist eindrucksvoller als die letzte; er ist es vermutlich gewohnt, beobachtet zu werden. Er erinnert mich an jemanden … Ein seltsames Déjà-vu-Erlebnis überkommt mich. Ich habe noch nie so einen attraktiven Mann gesehen. Für einen Moment befinde ich mich an einem anderen Ort und Mom verschwimmt vollkommen im Hintergrund.

Er nippt mit vollen Lippen an seinem Wasser. Kurz stelle ich mir vor, wie diese Lippen mit heißen Küssen an meinem Schlüsselbein entlangwandern, hinunter zu meinen ...

Als ob er meinen Blick auf sich spüren könnte, sieht er mich geradeheraus an. Selbst aus der Entfernung weiß ich, dass seine Augen tiefblau sind. Ich will nichts mehr, als in diesem Meer zu schwimmen.

Ich sehe weg und werde unheimlich rot. Ich fühle mich wie eine Art Voyeur. Weiß er, dass ich nahezu sabbere?

„Ich rufe deinen Vater an", höre ich Mom sagen. „Er weiß, was zu tun ist. Ich kann mit deinem Verhalten nicht umgehen." Moms Stimme wird höher und all die Gedanken an den gefallenen Engel verpuffen, fast schmerzhaft, in meinem Kopf. Jemand rette mich. Jemand bringe mich fort von hier. Jemand lasse einen Teller Essen auf meinen Schoß fallen, sodass ich ins Badezimmer eilen und mich à la *Mission Impossible* aus dem verdammten Restaurant schleichen kann.

Ungezügelt denke ich an Möglichkeiten, mir Mom vom Hals zu schaffen. Oder sie zumindest zum Stillschweigen zu bringen. Soll ich Charles einen Fake-Anruf abstatten und so tun, als hätten wir uns versöhnt? Nein, sie wird Charles später anrufen, um das zu bestätigen. Ich sehe den gefallenen Engel am anderen Ende des Raumes und plötzlich sage ich Dinge, von denen ich nie geträumt hätte. Sie sprudeln aus mir heraus, als hätte mein Mund einen eigenen Verstand.

„Mom, ich wollte dir noch nichts sagen, weil es zu früh ist. Aber der Hauptgrund, warum Charles und ich nicht wieder zusammenkommen, ist jemand anderes."

„Du meinst die Frau, mit der er schläft? Das ist kein wirkliches Hindernis."

Ich ziehe eine Grimasse. Sicher, Mom. „Nein. Ich meine, *ich* habe jemand anderen."

Larissa beugt sich nach vorne, plötzlich an unserem Gespräch interessiert. Sogar Kenny hebt eine Augenbraue, während er kaut.

Die Scheinwerfer zeigen auf mich. Ich schlucke den Frosch in meinem Hals herunter, denn ich muss meine Karten hier wirklich richtig ausspielen. Wenn ich überhaupt etwas mit meiner Familie gemeinsam habe, dann ist es, nicht cool sein zu können.

Mom sieht mich an, als sei ich ein seltsames Puzzle, das sie nicht lösen kann. Sie faltet ihr Taschentuch in ein ordentliches Quadrat. „Warum hast du das nicht früher gesagt? Und darf ich fragen, um wen es sich handelt?"

Ihr Ton verrät, dass sie mir nicht glaubt. Sie weiß, dass ich bluffe. Aber ich kann den gefallenen Engel vor meinem inneren Auge sehen. „Wir haben uns bei einer Wohltätigkeitsveranstaltung getroffen und uns gut verstanden."

In dem Moment kommt unsere Kellnerin zurück. Sie füllt unsere Wassergläser und versucht, sich so zu verhalten, als hätte sie den Vortrag meiner Mutter bezüglich der Verantwortlichkeiten eines Kindes gegenüber seiner Eltern nicht gehört.

Ich rede weiter, während die Kellnerin um unseren Tisch herumläuft.

„Naja, wie ist er so?", fragt Mom. Sie hebt eine fein säuberlich gezupfte Augenbraue und wartet. Sie kann den Bullshit, den ich verzapfe, schon erahnen.

Ich schlucke. „Er ist groß, sehr gutaussehend. Blondes Haar." Ich versuche, spezifischer zu werden, während ich mir den gefallenen Engel aus dem Augenwinkel ansehe, um eine Referenz zu haben. „Er sieht am besten aus, wenn er dunkelviolette Krawatten und seinen grauen Anzug trägt."

Ich klinge lächerlich. Das Loch, das ich mir selbst grabe, konkurriert größenmäßig mit dem Grand Canyon. Aber anscheinend kann ich meinen Mund nicht mehr schließen, sobald ich ihn einmal geöffnet habe.

Gerade als die Bedienung sich mir nähert, füge ich hinzu: „Er hat eine Narbe auf der rechten Wange, die er ..."

Ohne Warnung schüttet die Kellnerin Wasser in meinen

Schoß. Ich kreische, als das eiskalte Wasser meine Beine hinunterläuft.

„O mein Gott, das tut mir so leid!", keucht die Bedienung, die einen leichten Cockney-Akzent hat. Sie nimmt sich Servietten vom Tisch und beginnt, meinen Schoß abzutupfen. „Ich kann es nicht glauben – es tut mir so leid, Ma'am!"

Mom schimpft die arme Frau aus. „Passen Sie auf, was Sie tun, junge Frau! Sie könnten jemanden verletzen, wenn sie so unvorsichtig sind!"

Gerettet! Ich springe auf und will die Bedienung umarmen. „Machen Sie sich keine Sorgen. Ich werde mich auf der Toilette abtrocknen. Ich habe diesen Rock sowieso noch nie gemocht."

Doch meine Mutter kann nicht aufhören. Sie macht eine große Szene, ruft nach dem Oberkellner. Als dieser ankommt, sagt sie mit ihrer höchsten Stimme: „Welche Art von Leute stellen Sie hier an? Wir sind seit Jahrzehnten Mitglieder dieses Clubs und der Service lässt nach, das ist sicher."

„Mom! Es ist in Ordnung." Ich lächle den Oberkellner an. „Es ist wirklich nicht ihre Schuld. Ich habe eine falsche Bewegung gemacht und muss ihr den Krug aus der Hand geschlagen haben. Nichts passiert."

Meine Mutter sieht mich mit erhobenen Augenbrauen an und lässt dann ein verzweifeltes Seufzen aus.

Ich eile ins Badezimmer, um mich frisch zu machen. Ich schließe die Tür hinter mir und lasse mich dann dagegen fallen, dankbar, aus dem Hornissennest entkommen zu sein. Nach einigen tiefen Atemzügen besehe ich mir meinen ruinierten Rock im Spiegel: dreihundert Dollar feinster Marcus Neimann Kaschmir. Diese Atempause war mir das Opfer definitiv wert. Ich frage mich, ob es eine Möglichkeit gibt, mich dauerhaft aus dem Staub zu machen. Verdammt noch mal, ich will so gerne zurück an unseren Tisch wie ich mir ein Loch im Schädel wünsche.

Was hast du getan, Marissa? Ich starre mein Spiegelbild an, das Spiegelbild eines totalen Idioten. Sobald ich zurückkomme, wird

Mom Details über meinen imaginären Freund wissen wollen. Ich seufze und ziehe in Erwägung, mich durch das kleine Fenster am anderen Ende des Badzimmers zu zwängen. Nach meinen Berechnungen bin ich etwa zwanzig Pfund zu rund, um hindurchzupassen.

Als ich realisiere, dass ich keine mögliche Fluchtroute habe, atme ich tief und reinigend durch. Funktioniert nicht. Aber ich kann nicht ewig hier drin bleiben. Ich verfluche meine Dummheit und drücke die Toilettentür auf. Ich laufe direkt in eine Wand fester Muskulatur.

Ich jaule zur gleichen Zeit, als ein Mann mit köstlich vornehmem, englischem Akzent sagt: „Aufpassen!"

Ich spüre starke Hände an meinen Oberarmen, und als ich nach oben blicke – weit nach oben –, starre ich in das Gesicht meines gefallenen Engels.

Kapitel Zwei

Marissa

Zuerst bin ich so erstaunt, dass ich kein Wort herausbringe. Ich starre ihn nur idiotisch an. Aus dieser Nähe sieht er noch besser aus und ich hatte recht: Seine Augen sind blau. Ein verrücktes, tiefes Blau wie ein Ozean bei Flut. Und jetzt bin ich nahezu hingerissen vor Scham.

„Alles in Ordnung?", fragt mein gefallener Engel, sein starker britischer Akzent verbindet seine Worte. Lecker. Der Akzent ist wie eine Kirsche auf einem bereits köstlichen Eisbecher. Zu viel für mich. Noch schlimmer: Er riecht nach einem moschusartigen Aftershave, das ich nicht zuordnen kann, mir aber den lächerlichen Wunsch verschafft, mein Gesicht in seiner Brust zu vergraben und tief einzuatmen. Ich bin so mit dieser Vorstellung beschäftigt, dass ich nicht antworte und er eine Hand vor meinem Gesicht hin- und herwedelt. „Bist du in Ordnung …?"

Ich schüttele mich und springe mit plötzlich errötenden Wangen aus seinem Griff. Meine Arme sind heiß, wo er mich berührt hat. Ich sehe nach unten. Meine nackte Haut ist fleckig und (da bin ich mir sicher) unglaublich attraktiv.

„Mir geht es gut!" Ich schüttele den Kopf und zwinge mich zu einem Lächeln. „Sorry, ich habe nur viel im Kopf." Bei dem Gedanken zucke ich zusammen. Ich will wirklich, wirklich nicht zurück zu meinem Tisch.

Er starrt mich an. Er hat nicht nur ein wunderschönes Gesicht, das seltsamerweise von seiner Narbe nur noch betont wird. Nein, er trägt einen perfekt geschnittenen Anzug, der vermutlich mehr kostet als mein Auto. Und meine Mutter lässt mich nie vergessen, wie teuer dieses Geburtstagsgeschenk war. Als er mich ansieht, werde ich noch röter. Ich frage mich fast, ob er weiß, dass ich ihn als meinen imaginären Freund benutzt habe. Aber er war viel zu weit weg, um das zu hören – oder?

„Naja, ich, ähm, muss gehen", stottere ich und mache einen Schritt an ihm vorbei.

„Anstrengende Familie da draußen?"

Ich stoppe und mir bleibt der Atem weg. Ich drehe mich um und antworte langsam. „Äh, ja. Kann man so sagen. Woher …?"

Er zuckt mit den Schultern, doch sein schelmisches Grinsen bringt mein Herz zum Flattern. Dummes Herz. „Ich habe da etwas aufgeschnappt. Um ehrlich zu sein, deine Mom – ich nehme an, sie ist deine Mom? – hat eine sehr weitreichende Stimme."

O Gott, er hat alles gehört? Ich hoffe, meine Stimme ist nicht so weitreichend wie die meiner Mutter. Denn wenn er gehört hat, wie ich ihn beschrieben habe, werde ich ihm Boden versinken. Ich will, dass ein gigantischer Tsunami mich wegschwemmt. *Bitte, Gott im Himmel, spüle mich von diesem Ort*, bete ich innerlich.

Mein Gesichtsausdruck muss ihm gezeigt haben, wie gedemütigt ich mich fühle, denn sein Lächeln wird ernst. Er steckt die Hände in die Hosentaschen und das lässt ihn irgendwie jungenhaft erscheinen. Es ist bezaubernd, muss ich zugeben. Jungenhafte Züge an einem Mann, der aus Stahl gebaut zu sein scheint.

„Na schön, ich muss ein Geständnis ablegen", sagt er und lehnt sich nach vorne, obwohl er absolut nicht reumütig aussieht. Ich erwische erneut einen Hauch des moschusartigen Aftershaves und kann nur noch an Sünde denken. In einem Country Club, wo meine Mutter keinen Steinwurf entfernt sitzt. *Kontrolle, Marissa.*

„Was?", flüstere ich und all meine Versuche der Selbstkontrolle versagen vollständig, denn jetzt fühle ich mich schummerig, der Ohnmacht nahe.

„Die Bedienung, die dir Wasser in den Schoß geschüttet hat, ist meine Schwester. Sie hat mir möglicherweise über dein Dilemma berichtet."

Schummerig? Nein, jetzt will ich einfach nur noch wirklich, wirklich, wirklich sterben. Ich will mein eigenes Grab schaufeln, meinen Grabstein gravieren. „Es tut mir leid", stoße ich aus. „Ich hätte nie – ich muss los."

Ich stelle mir vor, so lange zu rennen, bis ich das andere Ende der Welt erreiche, aber seine Berührung auf meinem Arm stoppt mich. Ich erstarre. Aber habe ich etwas falsch gemacht? Ich meine, ich war nicht unbedingt höflich, aber ist es illegal, einen Mann, den du am anderen Ende des Raumes gesehen hast, als Inspiration für einen Fake-Freund zu benutzen? Ich bin mir sicher, seine ableckbare Köstlichkeit beschert ihm Lagen wie diese die ganze Zeit.

„Ich gehe die Sache falsch an. Verzeih mir." Er streckt eine Hand aus. „Ich bin Simon Richards und ich denke, ich kann dir helfen. Hoffentlich können wir uns gegenseitig helfen."

Ich starre auf seine Hand, diese langen, starken Finger, das bisschen blonde Haar auf seinem Handgelenk, das unter dem Ärmel eines strahlendweißen Shirts mit goldenen Manschettenknöpfen verschwindet. Zum zweiten Mal an diesem Tag überkommt mich ein seltsames Gefühl, wie ein Déjà-vu. Aber ich würde mich sicherlich erinnern, wenn ich diese himmlische Kreatur schon einmal getroffen hätte. Für einen Moment stelle ich mir diese Hand auf meiner nackten Haut vor, meine Brüste umfassend. Dann realisiere ich, dass ich ihn mit offenem Mund anstarre. Ich nehme seine Hand und schüttele sie, hoffe, dass diese Handlung die Fantasien in meinem Verstand abschüttelt. Doch der kurze Kontakt lässt mich zittern.

„Marissa Woodcrest", sage ich weich und fühle seine starke, raue, leicht schwielige, aber wundervoll warme und angenehme Haut an meiner.

Wie befürchtet pflanzt sich die Fantasie in meinem Kopf ein und beginnt, Wurzeln zu bilden. Jetzt sind seine Hände unter meinem Rock. Und ich dachte, mein Rock könnte nicht feuchter werden.

„Es freut mich, dich kennenzulernen", sagt er, höflich und steif wie ein Mitglied des britischen Königshauses. Und dennoch schafft er es, meine Gedankengänge in den Abfluss zu schieben.

„Da ich keine Ahnung habe, wovon du sprichst, bin ich mir noch nicht sicher, ob ich das Gleiche behaupten kann. Wie kannst du mir helfen? Und warum würdest du das wollen?"

Er grinst. „Weil, meine Liebe, meine Schwester nahezu ihren Job verloren hat, bevor du dich für sie stark gemacht hast."

„Oh." Meine Mom kann manchmal eine wirkliche Bitch sein. Meistens. Eigentlich immer. Ich gestikuliere in Richtung Speisesaal. „Das ist June Woodcrest. Sie kläfft jedoch nur. Beißt nur selten. Für gewöhnlich. Es tut mir leid."

Okay, jetzt quassele ich. Aber er ist noch immer nicht zum Punkt gekommen. Obwohl ich mir sicher bin, dass diese starken Hände mir sehr, sehr gut helfen könnten, wenn sie in diesem

Moment unter meinem Rock wären. Ich wäre in der Lage, meine Mom zu vergessen und Charles, zum Teufel. Ich bin mir sehr sicher, ich würde mich nicht einmal an meinen eigenen Namen erinnern.

Ich blinzele und bemerke, dass er mich mit amüsiertem Grinsen ansieht. Ich habe dieses Grinsen schon einmal gesehen. Déjà-vu Nummer drei. *Woher kenne ich ihn?*

„Marissa!"

Das sanfte Klirren von Besteck und Gläsern des Speisesaals wird unterbrochen, als die Glastüren aufschwingen und meine Mutter auftaucht. Ihr Gesicht noch immer verkniffen – die Enttäuschung, die ich ihr beschert habe. Als sie den Gang betritt, landet ihr Blick auf mir, dann auf Simon, und ihr Ausdruck verändert sich urplötzlich.

„Wie gesagt", sagt Simon plötzlich mit lauter Stimme, „ich wollte nur durchkommen und sichergehen, dass du in Ordnung bist. Ich habe dich schrecklich vermisst, Liebling."

„Ähm …" Was tut er …

„Hallo." Meine Mutter spricht mit charmanter Stimme, die sie normalerweise nur auflegt, wenn sie Charles anspricht. Wir drehen uns zu ihr. Sie streckt ihm ihre Hand hin, die Knöchel nach oben gedreht, als würde sie darauf warten, dass er ihr die Hand küsst. „June Woodcrest. Mit wem habe ich das Vergnügen?"

Sanft nimmt er ihre Hand und verbeugt sich mit der Anmut eines Prinz Charming. Weder Benedict Cumberbatch noch Colin Firth oder Tom Hiddleston hätten es besser hingekriegt. „Simon Richards", sagt er. „Das Vergnügen liegt ganz bei mir. Marissa, Liebes, du hast mir nie erzählt, welch wunderbare Mutter du hast."

Meine Mutter kichert verlegen wie ein Schulmädchen. Das ist die Sache mit meiner Mutter. Sie liebt – und hasst – mit voller Wucht, basierend allein auf der äußerlichen Erscheinung. Teure Kleidung? Check. Außergewöhnlich gutaussehend? Check. In Ehrerbietung verbeugend? Check. Und bam, schon ist sie ergriffen. Zum fünften Mal seitdem ich diesen Kerl erblickt habe, steht mir der Mund offen.

Er dreht sich zu mir. „Hattest du ein angenehmes Mittagessen mit deiner reizenden Familie?"

Reizend? Ich schnaube fast. Und angenehm? Nicht gerade die Worte, die ich benutzen würde, um diesen Hundekampf zu beschreiben. „Oh. Ja", murmele ich und versuche zu begreifen, was da gerade vor meinen Augen geschieht. Ist er ... dieser wundervolle Engel ... wirklich dabei, meine Ehre zu retten?

„Marissa hat uns gerade alles über dich erzählt, Simon", sagt meine Mutter mit zuckersüßer Stimme. „Sie hat dir bestimmt von ihrer kürzlich erfolgten Trennung von Charles erzählt?"

„Oh, natürlich." Er legt eine Hand auf die Schulter meiner Mutter und das Merkwürdigste geschieht: Sie lässt es zu. Für gewöhnlich ist sie sehr eigen, wenn Fremde ihre Seidenkleider mit ihren fettigen Händen zerstören. „Dass ein Mann diese wundervolle Dame so behandeln kann, ist beschämend. Ich finde, dass Frauen respektiert werden sollen. Geschätzt. Verehrt. Angebetet."

Okay, das geht jetzt etwas zu weit. Aber warte ... ist das Sabber im Mundwinkel meiner Mutter? Sie fällt total darauf rein. Sie öffnet den Mund, aber nur ein träumerisches Seufzen entweicht ihr.

Ich werde wieder feucht, also scheine ich ihm auch auf den Leim zu gehen. Simon legt einen Arm um mich. Er zieht mich nahe an sich heran, sodass ich seinen Körper an meinem spüre. Und dieses Aftershave ... o Gott. Ich würde mich nicht daran stören, von ihm angebetet zu werden, selbst wenn es nur für eine Nacht wäre.

Aber ehrlich, die Frauen müssen Schlange stehen, um am heißbegehrten Ende seiner Anbetung zu stehen, wenn er so gut schauspielern kann.

Warte.

Schauspieler.

Ich zucke zusammen und sehe zu ihm auf. Heilige Scheiße. Larissa macht sich immer über mich lustig, weil ich kitschige Fernsehserien liebe. Und plötzlich dämmert es mir, dass Simon Richards der männlichen Hauptrolle in *Alien Love* sehr ähnlich sieht. Die Heldin, Candace Porter, gespielt von der wundervollen Ava Brice, ist eine gewöhnliche Kellnerin, die einen Alien des Planeten BORG-18 trifft, der – à la *ET* – verwaist ist. Ihre Aufgabe ist es, ihn nach Hause zu bringen, während sie offiziell von der Regierung gejagt werden. Doch während sie ihm hilft, verlieben sie sich. Es ist dampfend, sexy und heiß – aber auch kitschig wie sonst etwas, aber was soll's.

Simons Haut ist nicht grün gefärbt, er trägt eine Narbe, die nicht überschminkt wurde, spricht in englischem Akzent und nicht wie ein Alien und trägt mehr Kleidung als gewöhnlich – aber er ist es. Er ist Borg, der heiße Alien mit dem sich kräuselnden Bizeps vom Planeten BORG-18.

Kein Wunder, er ist so gut darin. Er ist ein verdammter Schauspieler.

Nur habe ich den Abspann auf dem Bildschirm gesehen und der Name des Schauspielers, der Borg spielt, ist Simon *Dale* – nicht Simon *Richards*.

Er nutzt vermutlich einen Künstlernamen. Viele Schauspieler tun das.

Dennoch ist es schwer, sicher zu sein. Die einzigen Bilder, die ich von Simon Dale gesehen habe, waren verschwommene Fotos in Boulevardzeitschriften oder Aufnahmen, in denen er Sonnenbrille und Baseballkappe trägt. Er ist entweder außergewöhnlich gut darin, Paparazzi zu meiden, oder die Welt teilt meine Faszination mit ihm nicht. Zum Teufel, ich habe schon seit einiger Zeit über mein eigenes Zusammentreffen mit Borg fantasiert.

Obwohl er es schafft, Fotos aus dem Weg zu gehen, erinnere ich mich vage daran, gehört zu haben, dass Simon Dale jede einzelne der weiblichen Hauptrollen gedatet (und abgeschossen) hat. Ava Brice ist die einzige, deren Namen mir etwas sagt.

Könnte dieser vornehme britische Adonis tatsächlich derselbe Mann sein?

Ich betrachte ihn eindringlicher und bin überzeugt, dass ich recht habe.

Heilige Mutter der Barmherzigkeit.

„Das ist wunderbar, Mr. Richards. Unsere Marissa ist unser Augapfel und verdient einen guten Mann", sagt Mom endlich.

Beinahe rolle ich mit den Augen, denn als ich das letzte Mal nachgeschaut habe, dachte meine Mutter noch, dass ich es verdiene, über heiße Kohlen geharkt zu werden. Doch ich bin zu beschäftigt damit, durchzudrehen – ich stehe neben Simon Fucking Dale!

„Mit was verdienen Sie ihren Lebensunterhalt?", fragt Mom.

Anscheinend ist meine Gabe, Bad Boys anzuziehen – und von ihnen angezogen zu werden –, noch immer sehr stark.

Oh, nein. Oh, nein nein nein.

Die meisten Menschen finden es vielleicht aufregend, einen Schauspieler zu treffen, meine Mom nicht. Mein Vater hat viele Geschäftsbeziehungen zu Hollywoodgrößen, aber meine Mutter rümpft sogar darüber die Nase. Vielleicht sähe die Sache anders aus, wenn sie Leonardo diCaprio treffen würde. Aber nicht der Adonis-Alien-Schauspieler einer zweitklassigen TV-Show, der für seine sich kräuselnde Muskulatur und seine Liebesaffären bekannt ist – nicht dafür, Oscar Potenzial zu haben. Ich starre ihn an und versuche via Telepathie mit ihm zu kommunizieren, doch er sieht mich nicht einmal an.

„Ich führe mein eigenes Geschäft. Ziemlich trocken, um ehrlich zu sein."

Mein Herz hört auf zu schlagen, als warte es auf den Zusammenbruch des Kartenhauses. Doch es bleibt stehen. Er dreht sich zu mir und schaut mich mit diesen Augen an. Können ozeanblaue Augen glühen? „Sag nicht wieder nein, Liebling. Ich will dich heute Abend bei mir haben."

Mein gesamter Körper zittert. *Ich will dich.* Selbst wenn er ein zweitklassiger Schauspieler ist – er ist verdammt überzeugend, denn meine Nippel kitzeln und mein Körper summt für ihn.

Meine Mutter stößt ein weiteres träumerisches Seufzen aus. Es steht ihr ins Gesicht geschrieben: Charles wer? Sie legt einen Arm um uns beide und schiebt uns näher zusammen. „Naja, wir sind hier fertig. Warum nimmst du Marissa nicht jetzt schon mit?"

Fantastisch. In diesem Szenario komme ich mir wie ein Hund vor. „Warte. Was?"

„Exzellent. Ich bringe dich nach Hause", sagt er.

„Tust du?", frage ich. Zur gleichen Zeit meint meine Mutter: „Das wäre wundervoll."

Als ob er meine Anspannung spürt, nimmt er meinen Arm und murmelt mir ins Ohr: „Es ist nur eine Autofahrt."

Richtig. Eine Fahrt mit dem heißen Alien Borg. Könnte dieser Tag noch seltsamer werden?

Simon nickt meiner Mutter zu. „Ich werde mir vom Valet den Porsche bringen lassen."

Er joggt davon und meine Mutter grinst ihm idiotisch hinterher. Sie kneift mich in die Seite und plötzlich bin ich wieder ihre neue Lieblingstochter. Kenny und Larissa betreten den Flur. „Wer war das?", fragt Larissa.

„Marissas neuer Freund", sagt meiner Mutter. Ihre Stimme noch immer träumerisch, während sie in Simons Richtung blickt, der gerade mit dem Valet spricht. Sie sieht mich an. „Bring ihn dieses Wochenende mit nach Hause, damit er deinen Vater kennenlernen kann, okay, Liebes?"

Toll, jetzt hat sie auch einen britischen Akzent. Ich frage mich, was sie denkt, wenn sie je hört, dass er Alien spricht und seine sich kräuselnden Muskeln zur Schau stellt.

Das wird nicht passieren. Unmöglich.

Scheiße. Ich muss einen echten Freund finden, der meinen falschen Freund ersetzen kann, der meinen echten Freund ersetzt. Sofort.

Mom, Larissa und Kenny kehren in den Speisesaal zurück. Anstatt abzuhauen, bleibe ich aus irgendeinem Grund stehen, bis Simon zu mir zurückjoggt. Er nimmt meine Hand und bevor ich es realisiere, sind wir draußen und warten auf seinen Wagen.

Ich lasse ihn los und verschränke meine Arme. Mein Herz klopft und Unruhe erfüllt mich. Was habe ich mir nur dabei gedacht, bei der Sache mitzumachen? Ich bin vollkommen irre! Ich tue solche Dinge nicht, nehme keine Risiken auf mich, nicht mehr. Wieder und wieder sehe ich zu Simon hoch, dann auf den Boden und ich zappele so sehr, dass er wahrscheinlich denkt, dass ich pinkeln muss. Ein feuerwehrroter Porsche 911 Turbo fährt vor und er öffnet die Tür, bevor der Valet um den Wagen herumlaufen kann. Ich kann es nicht aufhalten. Ein Schauer läuft mir über den Rücken und ich nehme dieses Gefühl undeutlich als Aufregung wahr. Ich freue mich über das Risiko, das Simon und ich mit dieser Scharade auf uns genommen haben. Doch ich habe keine Ahnung, was als nächstes passiert. *Ruhig, Marissa. Du musst nur die Kontrolle behalten.*

„Ich weiß, wer du bist", murmele ich, als ich auf den butterweichen Ledersitz gleite.

„Glückwunsch", sagt er ohne viel Interesse. Er joggt zur Fahrerseite, gibt dem Valet Trinkgeld, zieht sich die Jacke aus und wirft sie hinter den Sitz, als er sich neben mich setzt. Ich weiß, dass er nicht auf meine Beine schaut, aber ich ziehe mir den Rock nach unten und versuche ihn in Richtung Knie zu schieben. Er schiebt sich eine Top Gun Sonnenbrille ins Gesicht. „Und wer bin ich?"

„Simon Dale. Oder besser, Borg. Aus *Alien Love*. Richtig?"

Er grinst, schaltet hoch und balanciert dann das Lenkrad mit seinem Ellbogen, als er sich die Manschettenknöpfte öffnet. „Das ist eine Überraschung." Er scheint nicht wirklich überrascht zu sein. Er ist ruhig, während mein Herz so laut klopft, dass es Gefahr läuft, direkt aus meiner Brust herauszuspringen. „Ich hätte dich nicht für den kitschigen Seifenoper Typ gehalten."

Ich suche in meinem Gehirn nach Worten. Wer hätte gedacht, dass mein Leben so laufen könnte – in einem Sportwagen mit Borg sitzend, der meine Mutter gerade mit einer ewig langen Performance von den Socken gehauen hat? „Für was hältst du mich dann? Den hochnäsigen Country Club Typ?"

Jetzt rollt er sich die Ärmel seines blütenweißen Shirts hoch. Er scheint offensichtlich nicht der Typ zu sein, der sein gesamtes Leben in Anzügen verbringt. Anders als mein Vater, der von morgens bis abends zugeknöpft bis oben hin herumlaufen kann, ohne dass seine Krawatte verrutscht. Simon lacht laut und sexy. „Nicht im geringsten. Wenn jemand nicht in diesen Raum gehörte, dann warst das du."

Ich blinzele. Das ist lustig. Seiner Erscheinung nach zu urteilen – dreiteiliger, grauer Anzug und nach hinten gegeltes Haar –, schien er perfekt dort hineinzupassen. Aber ich nehme an, das macht einen Schauspieler aus ... sie sind Chamäleons. „Was bedeutet das?"

Er grinst. „Ich wusste, du hast Feuer. Du bist nicht wie die anderen. Nicht von Wohlstand, Privileg, Status und all dem Quatsch besessen. Was mich, ehrlich gesagt, zu Tode langweilt."

Ich muss lachen. „Das kann ich sehen. Dieser Wagen ist so unglaublich dezent."

Er kichert und steigt aufs Gas, als wir auf den Freeway auffahren und an Geschwindigkeit gewinnen.

„Marissa, ich befinde mich in einer Art Zwickmühle."

Ah, richtig. Das ist der Part, an dem ich ihm für seine Hilfe zurückzahle. „Wer? Simon Richards oder Simon Dale?"

„Wir sind derselbe. Dale war der Mädchenname meiner Mutter."

„Und du denkst, ich kann dir aus deiner Zwickmühle heraushelfen?"

„Ich weiß, dass du helfen kannst. Die Umstände sind die, dass ich in einer Notlüge gefangen bin."

Ich schaudere und denke an Charles. Er dachte vermutlich,

dass seine Lüge auch von frommer Art war. So klein, dass sie nicht wirklich zählte. Bis sie zu einem großen, leuchtenden Ball des Betrugs wurde. „Ich glaube nicht an Notlügen. Alle Lügen zählen."

„Normalerweise würde ich dir zustimmen. Aber manchmal können wir einfach nicht anders. Du weißt, was ich meine, oder? Diese folgenlosen Lügen, die man erzählt, bis man sich entscheidet, wie man das Problem angeht?"

Ich werde rot und erinnere mich daran, wie ich gelogen habe, um mir meine Mutter vom Hals zu schaffen. Er hat mich also durchschaut. Obwohl ich Gefahr laufe, unter seiner Führung alles zu tun, zwinge ich mich zu einer starken Stimme.

„Okay, Mr. Richards-Dale. Wie genau kann ich dir aus deiner *folgenlosen* Lüge heraushelfen?"

*Lesen Sie jetzt Halt den Mund und küss mich

BÜCHER VON VIRNA DEPAUL

‚MIT DEN JUNGGESELLEN IM BETT'
  Band 1: Mit dem falschen Bruder im Bett (Rhys)
  Band 2: Mit dem schlimmen Zwilling im Bett (Max)
  Band 3: Mit dem Milliardär im Bett (Jamie)
  Band 4: Mit dem besten Freund im Bett (Ryan)
  Band 5: Mit dem Biker im Bett (Cole)
  Band 6: Mit dem Bodyguard im Bett (Luke)
  Band 7: Mit dem Trauzeugen im Bett (Gabe)
  Band 8: Mit dem Boss im Bett (Eric)
  Band 9: Mit dem Vater des Babys im Bett (Dante)
  Band 10: Mit dem Schein-Boyfriend im Bett (Gio)
  *Hochzeit mit dem Bad Boy: Eine Novelle (Max)

KISS TALENTAGENTUR
  Band 1: Kiss mich um den Verstand (Hunter)
  Band 2: Küss mich die ganze Nacht (Lee)
  Band 3: Küss mich, du sexy Typ (Caleb)
  Band 4: Halt den Mund und küss mich (Simon)
  Band 5: Küss mich besinnungslos (Declan)
  Band 6: Küss mich für immer (Bastian)

LIEBE AM SPIELFELDRAND
Band 1: Gelbe Karte für die Liebe (Heath)
Band 2: Blaues Blut und tiefe Pässe (Kyle)
Band 3: Ganz tief drin (Alec)
Band 4: Wildes Sehnen (Gabe)

ÄRZTE ZUM VERLIEBEN
Band 1: Dr. med. Bad Boy
Band 2: Dr. Hottie

HART WIE STAHL
Band 1: Harte Zeiten für Schwere Jungs
Band 2: Harte Fälle für Toughe Anwälte
Band 3: Harte Entscheidungen, Sanfte Liebe
Band 4: Harte Jungs - Zwischen Hammer und Amboss
Band 5: Harte Schale, Weicher Kern

ROCK'N'ROLL CANDY
Band 1: Stark wie Rock'n'Roll
Band 2: Crazy wie Rock'n'Roll
Band 3: Wild wie Rock'n'Roll
Band 4: Frei wie Rock'n'Roll
Band 5: Sexy wie Rock'n'Roll
Band 6: Süß wie Rock'n'Roll

HEIMKEHR NACH GREEN VALLEY
Band 1: Wozu Liebe in der Age ist
Band 2: Wohin die Lie be führt
Band 3: Ich will Dich Lieben
Band 4: Das Beste meiner Lieben
Band 5: Denn du liebst mich
Band 6: So verliebt

SPECIAL INVESTIGATIONS GROUP

Band 1: Töne des Verlangens
Band 2: Töne der Versuchung

GLÜHEND HEIßE COPS REIHE
Band 1: Guter Cop/böses Mädchen
Band 2: Diesmal für immer
Band 3: Träumen (wieder) erlaubt

PARA OPS SERIE
Band 1: Knox — Blutsbande
Band 2: Wraith — Schicksalsbande
Band 3: Dex — Ausgestoßen

STANDALONE

WALL STREET ROMEO

NAGELPROFIS

ABENTEUER SEX(T)

EIN BILD VON EINEM MANN

SEAL – EIN LEBEN LANG

DER COWBOY, DER MICH LIEBT

VERRÜCKT NACH DEM VERKEHRTEN KERL

Erlösung für einen Vampir

Nacktfotos senden/ löschen

ÜBER DIE AUTORIN

Virna DePaul ist eine *New York Times* Bestsellerautorin und steht auch auf der Bestselling-Liste von *USA Today* für erregende, spannungsvolle Erzählliteratur. Ob es um Vampire, eine Spezialeinheit für paranormale Phänomene, heiße Polizisten oder umwerfende identische Zwillingsbrüder geht, ihre fiktiven Geschichten handeln immer von komplexen Individuen, die gewillt sind, auch die unglaublichsten Schwierigkeiten zu überwinden, um der Liebe den Weg zu bahnen.

Um weitere Informationen zu erhalten und den kostenlosen Newsletter zu abonnieren, besuchen Sie mich bitte auf: www.virnadepaul.com

Website: www.virnadepaul.com
    Facebook: www.facebook.com/booksthatrock
    Twitter: twitter.com/virnadepaul

IMPRESSUM

Küss mich, du sexy Typ
Copyright © 2017 by Virna DePaul